4

로우 데닝
메이션 세계로 전생한 주인공.
공작 가문 3남. 크루슈
학원의 문제아였는데……?

샬롯 릴리 휴잭
멸망한 대국의 프린세스.
현재는 스로우의 종자가 된 몸.

돼지 공작으로 전생했으니까,
PIGGY DUKE WANT TO SAY LOVE TO YOU
이번엔 너에게 좋아한다고 말하고 싶어

「최악이야, 최악!!
역시 따라오는 게 아니었어!」

「하악하아악─

부, 불평하지 말고 달려! 알리시아ー」

**알리시아 브라
디아 서키스타.**
물의 나라 서키스타의 제2왕녀
스로우의 '옛' 약혼자.

슈야 뉴케른
불꽃의 열혈 점술사.
스로우와는 라이벌.

「어째서 저는 이런 차림인 거죠……」

「일단은 현재 휴잭에 대해서 가볍게 설명해 둘게」

스로부
마물로 변신한 스로우.
애니메이션에서 일어났던 전쟁을
막기 위해서 휴잭으로 잠입했다.

에어리스
북의 마왕, 『푸른 눈』의 가족.
사람과 몬스터의 공존을 바란다.

「너, 오크인데 마법을 쓸 수 있다며?」

「오크 마을은 스로부를 환영한다 꾸울!」

부히타
오크 마을의 보스. 휴잭에
나타난 악마에 대항한다.

인간이 버린 마을을 재건하고,
나무들을 베어서 넓힌 거겠지.
시끌시끌 꿀꿀꿀 시끌시끌 꿀꿀꿀
소란스러운 소리를 내면서
오크들이 마을 안을 돌아다니고 있었다.

「변환 해제」

노 체인지

「……몰살 확정이다.」

루니 블로우
어둠의 대정령을 섬기는 심복.
도스톨 제국의 뛰어난 군인.

성장에 빠뜨릴 수 없는 남자. 적이면서도 슈야 뉴케른의 만나서 조금 감동하고 있는 것을. 소년이 마음속으로 그 루니 블로우를 남자는 모른다.

CONTENTS

PIGGY DUKE WANT TO SAY LOVE TO YOU

This is because
I have transmigrated to piggy duke!

태지 공작으로 전생했으니까,

PIGGY DUKE WANT TO SAY LOVE TO YOU

이번엔 너에게 좋아한다고 말하고싶어

4

아이다 리즈무

illustration
nauribon

돼지 공작은 영리하고, 강하고, 상냥하며,

그리고 슬프게도 근성이 있었습니다.

이 『슈야 마리오넷』은

무대 뒤에서 보면

그의 비극적인 이야기입니다.

——『슈야 마리오넷』 감독

＊◆＊

서장 크루슈 마법학원의 재건

"고작해야 2개월 만에 마법학원을 다시 지으라니…… 어르신 그건 무리입니다!"

"왕정부에서 의뢰한 거니까 불평하지 마라! 그리고 이제부터 마법사가 온다고 했다! 마법사가 오면 다소 나아지겠지!"

"오만한 마법사가 우리 평민을 따를 리가 없다니까요!"

"너, 목소리가 크다! 학원 학생들이 들으면 어쩌려고!"

……다 들리거든.

하아, 아침부터 소란스럽군.

불가능을 가능하게 만드는 것이 자기들 일이라고 외치는 평민들 옆에, 돌이나 목재와 자재들 그 밖에 이름도 모르는 공사 도구가 짐마차에 실려서 차례차례 들어온다.

크루슈 마법학원에서는 보기 드문, 그러나 요즘 들어서 익숙한 아침 풍경이다.

그렇지만 그렇게 어수선한 것은 평민들뿐 아니라, 우리 귀족도 마찬가지였다.

"다음 주에 너희 집에 놀러 간다! 환영해 줘!"

"그건 괜찮은데 전처럼 잔뜩 몰려오지 마! 우리는 가난하니까 준비가 진짜 힘들다고!"

조금 전 일이다.

우리 크루슈 마법학원의 모든 학생이 모두, 운동장에 모여서──학원장님의 갑작스러운 발표를 들었다.

학원 재건 계획 시동에 따라, 학생은 모두 신속하게 영지로 돌아갈 것.

다시 말해서, 조금 이르지만 여름방학이 시작된다는 뜻이다.

"기껏 수업을 성실하게 받을 의욕이 생겼는데……. 하아."

"슈야. 한숨 쉬는 거 그만둬 줄래? 이걸로 오늘 다섯 번째!"

"알리시아너 말야……. 그걸 일일이 세고 있었냐……? 하아."

"여섯 번째! 그리고 이런 상황이면 우리 수업을 할 상황이 아니라는 건 이해하잖아!"

지금 크루슈 마법학원은 수업을 할 상황이 아니다.

우리가 있어도 방해가 될 뿐이다. 이 녀석이 말 안 해도 안다니까.

"그리고 슈야. 결국 너는 어떡할 거야? 학생이라도 재건을 도우면 급료가 나온다고 하는데……. 이래서는 다들 영지로 돌아갈 것 같고. 하지만 너는 말야! 나한테 빚이 있으니까, 이 기회에 열심히…… 아까부터 뭘 보고 있어?"

"어, 어이! ……야야! 돌려줘!"

내가 가진 종이를 옆에서 가로챈 여자애는 솔직히 어디를 어떻게 봐도 평민으로 보이지 않는다. 재건 계획을 위해 찾아온 평민들은 이 녀석을 보고서 "과연 귀족은 겉보기부터 다르구나~." 하고 소곤거리지만…… 아니라니까.

"흙의 마법사, 골렘을 정밀 조작할 수 있으면 하루에 금화 5닢?! 파격적인 급료잖아! 물의 마법사도 상당히 후하네……. 하지만 물의 마법사가 공사에 협력할 것 같지는 않은데……. 그럼 슈야, 네 불은 어디 보자…………. 우와, 싸다. 하지만 학원 일을 돕는 것보다는 나쁘지 않네."

"전부터 생각했는데, 너는 왕족 주제에 돈의 가치관에 대해선 뜻밖에도 서민적이란 말이지."

"시, 시끄러워! 나는 서민 감각을 잊지 않거든! 좋은 일이잖아!"

사실, 이 녀석. 왕족이라니까.

하지만 평민들이 알리시아를 보는 이유는 나도 이해가 간다. 뭐랄까, 이 녀석은 몸집은 작은데 화려함이 있단 말이지. 나도 처음 봤을 때는 상당히 쫄았으니까.

그리고 지금은 언제나 묶어서 올리는 머리칼을 내리고 있어서 조금 신선하다. 다시 말해서, 귀엽다.

"그보다도…… 알리시아. 나보다 너는 어쩔 건데?"

"뭐가?"

그러니까. 어째서 나처럼 지위가 낮은 귀족이 대국 서키스타의 제2왕녀님과 사이가 좋은가 하면…… 나는 이 녀석에게, 좀 장난으로 넘어갈 수 없는 금액의 빚이 있거든…….

"너는 언제 서키스타로 돌아가는데?"

"바보구나. 당연히 마중 나왔을 때 가면 되지. 나처럼 신분이 높은 여자애가 짐 정리라도 할 줄 알았어?"

"……재수 없기는."

"하지만, 너는 좋겠어. 영지에 돌아가면 제멋대로 굴 수 있잖아. 나는 얼른 돌아오라고 연락이 왔거든. 돌아가면 분명히 감금 생활이야. 기껏 방학인데, 아무 데도 못 가."

"그거야, 그런 일이 있었으니까 밖에 내보내기 싫겠지. 하지만 나도 영지에 돌아가면 매일 밭일 같은 거나 한다니까. 가난뱅이 귀족을 얕보지 마라."

영지가 넓기만 한 남작 가문이라서 지독하다고. 아침부터 밤까지 일만 하는 생활. 평민이 상상하는 화려한 생활은 우리 집에선 도저히 무리다.

"돌아가면 동생들한테 자랑해야지! 우리는 두 눈으로 직접 용을 죽이는 순간을 봤으니까!"

마차에 타는 애들은, 방학이 앞당겨져서 들뜬 표정으로 말했다.

"……아무리 기적적으로 무사히 살아남았다지만. 그렇게 겁먹었으면서 잘도 저러네."

"다 그런 거야. 나도 아직 현실감이 없으니까…….

솔직히, 나는 아직 그게 실제로 일어난 일인지 모르겠다.

고작해야 하루 만에── 일상이 무너졌다.

아직 어쩐지 둥실둥실 현실감이 없는 분위기가 학원에 떠돌고 있었다.

학원 바깥에서 미궁이 발견됐고, 대침공이 일어나 버렸다.

이 다리스에서 대침공이 일어난 것은 100년 가까이 옛날 일이다. 왜냐면 던전이 발생하면 대개 알아차리는 법이니까. 못 보던 몬스터가 출현하거나 괴상한 울음소리도 들린다. 징조는 얼마든지 있다.

하지만, 그 미궁의 주인은 신속했다. 평소에는 깔보면서 바보 취급을 했던 오크도 무서웠다. 오크나 숲에 숨어 있는 몬스터 따위 마법을 쓰면 한 방이라고 생각했는데, 그 던전 마스터가 선도하는 몬스터는 뭐랄까……. 달랐다. 까딱하면 이쪽이 죽었다.

"……!"

어둠 속에서 몬스터가 넘쳐났다. 이건 꿈일지 모른다고, 몇 번이나 볼을 꼬집었지만 아픔은 사라지지 않았다.

그리고 드래곤이 나타나자, 우리는 아무것도 할 수 없었다. 이제 죽을지도 모른다고 생각했을 때, 그 데닝의 예쁜 종자가 결계 밖으로 나섰다. 하지만 승산이 있을 거란 생각이 안 들었다. 한 평민 여자애가 그 종자를 구하려고 했고—— 그리고 그제야 내 다리가 움직였다.

군인에게 최후는 중요하다. 나는 아직 다리스 군에도 안 들어갔지만, 그래도 국방을 목표로 하고 있다. 마지막 정도는 용감하게 싸워서 죽고자 했는데——.

"슈야! 얘, 슈야! 듣고 있어?!"

"우와! 뭔데 알리시아, 놀래지 마!"

"못 살아. 너 아직도 아무것도 못한 게 분한 거야?"

"……당연히 분하지. 아무것도 못했단 말이다."

옛날부터, 나는 특별한 인간이라고 생각했다.

그도 그렇잖아. 나도 귀족인걸. 그야 데닝 공작 가문처럼 대귀족은 아니지만, 나는 귀족이고 마법사다. 영지에 무슨 일이 있을 때는 목숨을 던져서 영민을 지킬 각오도 했고, 그러기 위해 교육도 받았다.

하지만, 현실은 어떻지?

아무것도 못하고, 몬스터를 보며 학원장님이 친 결계 안에서 오들오들 떨었을 뿐이다.

"바보구나, 슈야. 네가 뭘 할 수 있었는데. 너 같은 잔챙이 마법사가 욕심을 부려 봤자 죽기밖에 더해!"

이 녀석은 진짜…… 보통 말을 이렇게까지 하나?

정말로, 알리시아는 기겁할 녀석이다. 이런 성격이니까 친구가 적은 거야. 외견은 크루슈 마법학원에서도 최고일 정도로 귀여운데, 성격이 안 좋아. 왕족은 다들 이런가? 아, 하지만 카리나 공주는 상냥했잖아…….

"──저기, 저기 봐! 추기경님이랑 같이 있어!"

"어떡하면 가까워질 수 있을까? 나 말야, 아빠한테 편지를 받는데 사이좋게 지내라고 하시더라. 하지만 무리야. 말을 걸 틈이 없어. 아주 천상계 사람이란 느낌인걸."

여자애들이 소란을 떤다. 유명인이라도 있나? 지금 학원에는 왕실기사(로열 나이트)도 평범하게 주변을 걸어 다니니까. 그 애들의 목소리에 반응해서 봤더니, 그곳에는 예상 밖의 인물이 있었다…… 아니, 예상은 했었군.

술렁거리는 모두가 보고 있는 곳에는── 그 녀석이 있었다.

학원장님도, 추기경도, 카리나 공주까지 거느리고서.

천상계에 사는 사람들이 그 녀석 주위를 둘러싸고 말을 걸고 있었다.

학원 제일의 문제아였던 녀석은 이제 아무 데도 없다.

고작 하룻밤 만에 저 녀석은 장래 무용담이 오래오래 전해질 영웅이 됐다. 이제 전처럼 저 녀석을 돼지 공작이라고 부를 수 있는 녀석은 없을 것이다.

"알리시아. 네 예전 약혼자(피앙세)가 대인기인데── 농담이야! 그러니까 화내지 마!"

어이쿠 위험해라. 알리시아의 약혼자였다는 과거를 떠올리게 만드는 말은 지뢰였지. 화, 화 안 났겠, 지?

어라라. 알리시아는 진지한 표정으로 데닝을 보고 있었다.

뭐야? 너도 그 여자애들이랑 같은 마음이냐?

지금은 학원에서 제일 주목을 받는다. 요즘에 특히 살이 빠졌다는 소문도 들었다.

하지만…… 정말로 살이 빠지긴 했어. 전에는 성격이 끝장나서 오크 취급을 했었는데. 아니, 정말이라니까? 다들 뒤에서 엉망진창으로 말했다고. 지금 저 녀석을 봐서는 상상도 못할 정도였다.

그리고 솔직히 다이어트를 열심히 한 거랑은 차원이 다른 거 같단 말이지. 그 종자랑 같이 뭔지 모를 트레이닝을 하는 모습은 자주 봤지만, 데닝 공작 가문은 돈이 무진장 많으니까 비밀의 약 같은 걸 구해다 마셨을지도…….

"하아, 저게 돼지 공작이었단 말이지. 도저히 믿을 수가 없어."

우리가 다니는 마법학원을 덮친 몬스터 습격사건.

그중에서 특히나 성가셨던, 대륙 남방에서는 흔히 볼 수 없는 몬스터, 드래곤을 깔끔하게 쓰러뜨린 동급생.

다리스의 대귀족. 그 데닝 공작 가문 3남.

스로우 데닝은 용을 토벌하고 영웅이 되어 버렸다.

저 녀석이 지금까지의 악평을 떨쳐내고자 노력하는 건 알고 있었지만 말이지. 갑자기 드래곤 슬레이어라니, 그게 뭐야?

그리고 수호기사^{가 디 언} 후보란 소문이 있던 평민의 부여검^{인챈트 소드} 속성을 바꿔버린 것도 저 녀석이라고 했다. 이젠 이해가 안 돼. 그러면 저 녀석은 실력을 감추고 있었다는 거야? 어째서?

"야, 알리시아. 데닝을 보고 있는 참에 미안한데."

"······뭐어어어? 잠깐 기다려. 누가 저 녀석을 봤다고 그래!"

"아니, 계속 보고 있었잖아. 다른 여자애들처럼."

"나는 안 봤어! 그리고 저런 한때의 유행에 휩쓸리는 녀석들이랑 같은 취급하지 마! 너 말야. 때때로 실례되는 말을 하기 시작했더라? 왕족인 나를 얕보는 거야!"

"알았어. 알았다니까! 안 보고 있었어! 내 착각이라고!"

"······흥. 알면 됐어. 하지만 다음에 말하면 때릴 거야──."

"──선배! 왕도에서 불렀다는 소문, 정말인가요?!"

"이봐, 너는 누구냐!"

"학원을 관둔다는 소문도 들었어요. 거짓말이죠? 저 그런 거 싫어요!"

저 개성 짙은 멤버들 앞에서 데닝에게 말을 거는 여자애가 있었다.

굉장하다. 지금 데닝 주위에는 그 추기경도 있는데.

저 애는 분명히······ 그렇지. 그때 데닝의 종자를 구하려고 한 평민이다. 우와, 알리시아의 눈이 사악 가늘어졌어. 기분이 틀어진 증거다. 이 녀석은 알기 쉽다니까.

"크루슈 마법학원, 관두지 않을 거죠, 선배? 그렇죠, 선배!"

데닝이 학원을 관둔다는 소문이 흐른 건 사실이다. 그 데닝 공작 가문의 인간은 애당초 학원 같은 거 안 다닌다.

그 녀석들은 우리 같은 나이에 이미 군에 들어가서, 영재교육을 받는다.

"다들, 말은 안 하지만 선배가 학원을 자퇴하면 슬퍼하는 사람이 잔뜩 있어요!"

······마음속으로 동의한다.

지금 데닝이 학원을 자퇴하면 나는 곤란하다.

흑룡을 마법으로 떨어뜨린 그 순간.

아마도 내 인생은 변했다. 저 녀석처럼 되고 싶다고 생각했다.

강해지고 싶다. 그렇게 생각하는 녀석이 지금 학원에는 잔뜩 있었다. 척 보기에도 표정이 변한 녀석들이 잔뜩 있으니까. 저 녀석이 있으면 우리는 저 녀석을 목표로 성장할 수 있고, 저 녀석이 있으면 자극이 된다.

"선배! 정말이죠? 학원 관두는 거 아니죠? 저 믿을 거예요! 그리고 왕도에 가는 거면 선물 기대할게요!"

그리고 이제 곧, 도스톨 제국과 전쟁이 일어날 가능성이 크다는 소문이 있다. 그래서 나는 학원이 장기 휴가에 들어가는 이번 2개월을 하루도 낭비할 생각이 없었다.

알리시아에게는 비밀이지만, 나는 뉴케른 남작 영지에 돌아갈 생각이 전혀 없었다.

나는 이번 2개월 동안—— 강해지겠다.

그러기 위해서—— 이번 2개월을.
동맹국인 자유연방의 3대 도시 중 하나. 미궁도시^{제 네 라 우 스}에서 보낼
예정이었다.

1장 잊고 있던 애니메이션 전개

꿀꿀꿀꿀꿀.

"도스톨 제국과 다툼이 끊이지 않는 가운데 숲에서 일어난 대침공. 대체 일이 어떻게 되려는지 귀를 의심했습니다만, 설마 데닝 공작 가문에서 새롭게 용을 죽인 자가 태어나다니! 이걸로 서키스타가 용을 거느렸다고 잘난 표정을 짓는 일도 없겠지요!"

"왕가의 수호자보다도 데닝 공작 가문의 여러분이 훨씬 듬직하다고 평민이 칭송한다는 말을 얼핏 들었습니다만, 이 정도 소동이 일어난 걸 보면 그다지 틀린 말도 아니로군요. 왕도는 완전히 들떠 있습니다. 소문은 아들에게 자주 들었습니다만, 과연 바람의 신동이로군요!"

어? 이 녀석 아들은 그 천연 파마머리잖아?

크루슈 마법학원에서는 앞장서서 내 험담을 했던 녀석인 거 같은데?

하지만…… 참자, 참아. 지금은 참을 시간이다.

이 자리에서 그걸 지적하는 건 아무래도 못난 짓이다.

왜냐면 지금, 내가 있는 장소는──.

"자아, 자네도 들게. 이 자리는 자네를 위해서 열린 무도회니까!"

반짝이는 장식이 잔뜩 흩뿌려졌음에도 어쩐지 차분함이 엿보이는, 역사가 아우러진 위용. 천장에는 호화찬란한 샹들리에. 빛을 받으며 스텝을 밟는 남녀. 우아하게 유리잔을 기울이는 귀족이 잔뜩 있다. 그렇다. 이것은── 무도회.

──나는 거대한 요새로 비유되는 성채 도시의 중심부에 위치한 왕성 안에 있었다.

"오오, 이런 곳에 있었습니까? 데닝 공자님! 부디, 용을 죽인 이야기를 들려주십시오!"

"후하하, 드래곤 슬레이어 나리한테 몇 번이나 이야기를 하게 만들 셈인가?"

아아, 또 몇 명이나 몰려왔다.

기껏 맛있어 보이는 음식이 있는데, 먹을 여유 따위 요만큼도 없다. 그리고 대체 몇 명이야? 귀족 사회의 실력자들은 담소에 여념이 없는 모습이었다.

하지만 다 알아.

이 자리에 있는 잘난 척하는 너희가, 뒤에서는 날 한껏 비웃었다는 사실을.

"그런데, 드래곤 슬레이어님. 공작은 이미 전선으로 돌아갔다고 들었네만…… 그것이 정말인가?"

"아버지는 제국을 상대하는 데 핵심적인 분입니다. 도망친 몬스터를 하룻밤에 토벌한 뒤 곧장 돌아가셨습니다."

"공작이 전선에 있는지 없는지에 따라서 놈들의 대응도 바뀌니 말일세."

아버지는 크루슈 마법학원에서 나랑 두세 마디 말을 나누더니, 정말로 그러기만 하고 마법학원을 떠나 버렸다. 목적인 던전 탐색도 못 하게 됐으니 이미 학원에 있을 의미가 없다고 판단한 걸까?

하지만 학원을 떠날 때 그쪽에서 기다리겠다고 했었는데, 누가 전선 같은 데를 가겠어? 그리고 나는 마법학원을 관둘 생각 따위 전혀 없거든? 학원에서도 내가 그만둔다는 소문이 흐른 모양이지만, 거기는 내 마음의 오아시스거든?

크루슈 마법학원이라고 하니, 지금 그곳은 장기 휴가에 들어가서 재건 공사가 한창이다.

학생의 태반은 영지로 돌아갔지만, 여왕 폐하가 내게 직접 노고를 치하하겠다며 왕도로 초대받았다. 마법학원에서도 매일 귀족 선생님들이나 군인을 상대하느라 바빴는데…… 이쪽으로 오니까 더욱 바빠졌다.

"그러나 고룡이 인간의 거주 지역에 나타나다니, 드문 이야기로군요. 대체 어디서 길을 잃고서 온 건지…… 그리고 휴잭의 수호룡과 판박이였다는 소문도 있습니다만, 그 땅에 무슨 좋지 않은 일이 생긴 것은 아닐까요?"

"무슨 말씀을 하십니까? 본래 던전의 흙더미에서 태어난 생물, 놈들의 행동에 대단한 이유 따위 있겠소? 흠, 맛있군."

나는 물이 든 잔을 한 손에 들고 끊임없이 이어지는 말을 흘려듣고 있었다. 이래서는 정신적으로 지쳐서 살이 빠질 거야!

게다가 내가 노리고 있던 고기까지 먹었어! 젠장, 이제 얼마 안 남았잖아! 하아~. 이 녀석들은 내 마음도 모르고 태평하게 와구와구! 꼬르르르르르르르.

"이 소리는 뭐지……."

"내 배에서 난 소리입니다만?"

어이, 내 다이어트의 어느 부분에 웃을 구석이 있는데?

더 이상 나한테 신경 쓰지 말아 줘. 혼자가 되고 싶다. 굳이 말하자면 방으로 돌려보내 줘!

"──이봐, 거기 자네! 드래곤 슬레이어님의 식사를 가져오게나!"

"아뇨, 나는 다이어트를 하고 있으니 신경 쓰지 마세요."

"데닝 님. 기다리셨습니다. 돼지 등심 200그램이옵니다. 특별히 칼로리를 줄였습니다."

빠르다! 과연 크루슈 마법학원의 메이드하고는 신속함이 비교도 안 된다! 그 애들은 열심히 일한다는 느낌이지만, 이쪽은 빠르고 단련되어 있다.

하지만 나는 다이어트를 하고 있는데…… 그리고, 이건 무슨 고문인가? 내가 좋아하는 것만 있잖아! 하지만 안 돼! 다이어트해야지!

그냥, 먹어 버릴까?

가 버릴까? 꿀꿀와구와구 먹어 버릴까? 좋아, 먹는다! 먹어 버리자! 포상이다! 아아아아아아아!

"어머나! 이런 곳에 계셨군요! 이야기를 듣고 싶답니다!"

"오오! 딸아! 이분이 그 스로우 데닝 님이다. 드래곤 슬레이어로 소문이 자자하신 분이지!"

귀족들의 공세가 끝났나 싶더라니, 다음은 차려입은 누님들이 이야기를 듣고 싶다며 찾아왔다. 속속 모여드는 여성들에게 둘러싸여서 나는 간발의 차이로 다이어트를 중지하지 않고 넘어갔다.

"네, 알고 있답니다. 그 바람의 신동님이죠."

그런데…… 대신이라고 하긴 그렇지만, 등에 콱 박히는 시선이 있었다.

그 소녀가 있을 장소를 힐끔 보고서, 식은땀이 주르륵.

기분이 완전히 틀어진 느낌으로 한 여자애가 날 노려보고 있었다. 이 만찬회에서 유일한 평민, 내 종자인 샬롯에게 말을 거는 사람은 거의 없었다.

귀족은 사교로 바쁘다.

그래서 샬롯은 호화로운 요리에 혀를 내두르면서 나를 노려보고 있었다.

"어머나, 왕실기사단<ruby>마저도<rt>로열 나이츠</rt></ruby> 손쓸 도리가 없던 가도를 혼자서 돌파하다니 용기가 있으세요! 무섭지는 않았나요?"

"그게…… 정신이 없었으니까요."

내가 샬롯에게, 너의 과거를 알고 있다고 고백한 그날 밤.

——그 순간부터, 우리 관계에 균열이 생기고 있었다.

"다들 이거 좀 봐! 이 팔! 겉보기에는 말랑말랑해 보이지만, 완전 근육 덩어리……."

하지만, 변명 정도는 하게 해 줘.

나는 그 후에 잘 수습할 셈이었어.

"……는 아니지만, 어쩐지 귀여워!"

하지만 금방 지금처럼 수많은 사람들에게 둘러싸이고, 요렘에서 로열 나이츠에서 원군도 오고, 흑룡을 떨군 뒤부터 잘 시간도 없을 정도로 바빠서…… 그 상태의 샬롯을 팽개쳐 두고 말았다…….

그날부터 며칠이 지난 뒤에, 스쳐 지나갈 때 "어째서 그런 커밍 아웃을 하고서는 시간을 만들어주지 않는 건가요? 내 마음을 모르는 건가요? 저, 이래 봬도 왕녀인데요……." 라고 중얼거려서 나는 부르르 떨었다. 그 후부터는 말을 걸어도 무시당하기에 이르렀고……. 왕도로 오는 마차 안에서 샬롯은 엄격한 표정으로 뭔가 생각에 잠겨 있어서, 도무지 말을 걸 분위기가 아니었다.

지금 나는 샬롯이 무슨 생각을 하는지 잘 모르겠다.

"이렇게 귀여운데 드래곤 슬레이어라니! 사람은 겉만 보고 판단해선 안 되겠네요!"

"──저쪽에서 단둘이, 얘기할까요?"

"어머나, 당신 새치기를 할 셈인가요?!"

하지만, 대강 상상은 된다.

내가 그녀의 과거를 떠올리게 만들었으니, 분명히 고향 생각을 하고 있겠지. 특히 샬롯이 태어나 자란 화이트 성의 현재 모습이나, 고향의 모습이나 과거의 추억을 말이다.

그런데, 고민하고 있는 그녀를 팽개쳐 두고 이렇게 누님들한테서 떠받들어지는 모습을 계속 보여줬다간 위험하다. 인간적으로.

"……으엑."

샬롯은 하염없이 로스트 비프를 무표정하게 포크로 찔러서 우물우물 입으로 옮기고 있었다. 샬롯은 스트레스를 받을 때 말수가 적어지고, 먹어서 푸는 경향이 있다. 최근에 발견했다. 아아! 이번에는 어두운 아우라를 뿜어내면서 달콤한 디저트를 입으로 쏙쏙 넣고 있다. 안 돼. 그럼 안 돼, 샬롯! 뚱뚱해진다고! 젠장! 과식한다는 걸 정작 본인은 깨닫질 못하는 법이니까! 그래서 나는──.

"샬롯! 그 이상 먹으면 살찐다니까──!!"

나는 절규했다.

누님들에게 둘러싸여서 움직일 수 없으니까 고육책이다.

내 목소리에 이끌려서, 샬롯을 향해 시선이 집중됐다. 샬롯은 디저트를 든 채 굳어 버렸다.

그러나 키득키득 웃음소리가 번지고———.

"샬롯은 누군가요? 아아, 저 애군요."

"어머나! 저 애는 드래곤 슬레이어님의 종자였던가요? 화려한 세계에 익숙하지 않은 거군요."

샬롯은 상황을 깨닫고 얼굴이 빨개졌다——— 하지만, 화내지 말아 줘.

나는 이 자리에서 움직일 수가 없어. 그러나 샬롯은 내 마음을 아는지 모르는지, 움켜쥔 디저트를 꿀꺽 먹어 버리고 토끼처럼 무도회장에서 도망쳐 버렸다. 도망치기 전에 있는 힘껏 눈이 마주쳤다. 그러니까, 날 노려보았다.

오우……. 아무래도 나는 최악의 지뢰를 힘껏 짓밟은 모양이다.

하늘에 별이 흩어지고, 저 아래 펼쳐진 거리를 비추고 있었다.

요렘하고는 규모가 차원이 다른 성채 도시.

발코니에서는 밤에도 충분히 밝은 왕도를 둘러볼 수 있었다. 만찬회에 갑자기 찾아온 카리나 공주는 온몸으로 선선한 바람을 맞으면서 밤거리를 바라보며 생각에 잠겨 있었다.

"……."

예정에 없던 왕녀 전하의 등장으로 무도회장이 술렁거렸다. 누가 뭐래도 왕녀는 이런 자리에 그다지 안 나오는 기분파다. 그렇지만 다리스의 공주님은 무도회 같은 것은 요만큼도 흥미가 없었는지, 내 손을 이끌어 발코니로 데려갔다. 솔직히 덕분에 살았다.

"……카리나 공주님. 나는 언제까지 이런 일을 계속 해야 하는 걸까요?"

약한 소리가 흘러나왔다.

타산적인 귀족들에게 둘러싸이는 게 이렇게나 숨이 막히다니.

만약 이 자리에 데닝 공작 가문 관계자나 과거의 벗이 한 명이라도 있었다면 상당히 편했을 거다. 옛 친구를 몇 명이나 머릿속에 떠올려 봤다. 성실한 클라우드나 자유분방한 시르바, 가슴 뜨거운 마르코와 여행자 로즈월. 차기 공작으로 거의 결정된 나를 추켜세우는 자들은 잔뜩 있었지만, 정말로 신뢰할 수 있는 벗이라고 하면 그 네 사람 정도다. 그중 한 사람, 시르바와는 다시 만났지만…… 그 녀석은 지금 바람의 인챈트 소드에와 관련된 데이터를 얻기 위해 다리스의 연구기관^{아 카 데 미}에 감금됐다.

"스로우 군, 기운이 없네. 무도회는 즐겁지 않았어?"

"난 이런 거 서투르다는 걸 절절하게 느꼈어요. 할 수 있다면 당장에라도 마법학원으로 돌아가고 싶은데요."

"안 돼. 너는 국보인 인챈트 소드의 속성을 바꿔 버리고, 아무도 예상하지 못했던 용 살해를 저질렀으니까. 어머님이 돌아올 때까지는 왕성에 있어 줘야지."

"인챈트 소드에 손을 댄 것 때문에 칼을 맞진 않을까요? 돌프루이 경한테."

"가디언은 소문과 달리 말이 통하는 사람이야. 그리고 너를 벤다니 말도 안 돼. 스로우 군은 이제 영웅인걸. 낮에 네 모습을 보려고 사람들이 왕성에 엄청 몰려들었잖아."

"네. 설마 이런 취급을 받을 줄이야. 소문이 퍼지는 건 빠르네요."

"그야 드래곤 슬레이어잖아? 옛날이야기에 나오는."

수많은 민중이 드래곤 슬레이어가 온다는 소문을 들은 탓에 오늘 왕도는 대혼란이었다.

"……뭐, 그리 깊게 생각할 필요는 없을 거야. 빛의 대정령님이나 가디언은 조금 불만스럽게 생각할지도 모르지만, 아무도 학원을 지킨 영웅에게 손댈 수는 없어. 그리고 어머님은, 아마 스로우 군을 좋아할 테니까."

"어? 조, 좋아해요?"

"만나면 알 거야. 어라? 하지만 스로우 군은 데닝 공작 가문의 그…… 바람의 신동이었으니까, 옛날에는 어머님과 얘기한 적도 있지 않아?"

"다소는 있죠. 나도 변했으니까요——."

……역시, 이 다음에 어떻게 될지를 생각해도 소용없나.

이 나라의 최고 결정권자는 남방 국가를 방문하는 중이라 성을 비웠다. 귀국하려면 아직 보름 가까이 남은 모양이고, 얌전히 판정을 기다리는 것 말고 선택지가 없을 것 같다.

그러나, 내 인생은 이제부터 어떻게 되는 걸까? 데닝 공작 가문에는 보금자리가 없을 거고, 아버지가 내 편을 들어줘도 데닝 공작 가문은 지나치게 크니까.

반짝이는 밤하늘과 다르게, 미래는 전혀 보이지 않는다.

나는…… 어떻게 되는 걸까?

"그러고 보니……."

사치스러운 삶을 바란다면 카리나 공주의 가디언이 되는 것도 길은 길인가? 아니, 하지만 어수선한 세상이잖아……. 아……. 그러고 보니 나, 어지러운 틈에 이 사람…… 아니, 이 분이지. 카리나 공주를 끌어안았단 말이지. 정신이 없기는 했지만, 너무 지나쳤나? 안 돼. 떠올리지 마라. 그때의 감촉이라든지 이것저것.

달빛을 쐬면서, 떠들썩한 왕도를 바라보던 왕녀 전하.

내가 무표정하게 끙끙거리고 있는데, 카리나 공주는 신기한 표정을 짓더니——.

"——있지. 왜 갑자기 이상한 표정 지었어?"

"아뇨, 아무것도 아닙니다. 그래서 뭔가요?"

"너, 종자인 그 애랑 무슨 일 있었어? 왜, 그 재미있는 지렁이 즙을 들고 있던 애."

"……어, 아무 일도 없어요. 그리고 지렁이라니…… 샬롯을 어떻게 기억하시는 건가요."

"왕도에 오는 동안 대화다운 대화도 없었다고 들었으니까. 마법학원에서는 그렇게 사이가 좋았는데. 혹시 갑자기 영웅 취급을 받게 된 너를 질투라도 하는 걸까 싶어서. 그리고, 지렁이는 임팩트가 강했으니까."

"질투 같은 그런 감정은 아닐 거예요……."

"그래? 있지, 크루슈 마법학원이 휴교했다고 들었는데, 그 애도 고향으로 돌아가는 거야? 종자는 언제나 함께 있는 이미지인데."

"샬롯은 고향에 안 돌아가요. 자세한 이야기는 조금……."

비밀을 밝히고서, 나랑 샬롯 사이는 어색하다.

그녀를 위한 거짓말이었다. 하지만 지금까지 제대로 된 대화도 못했다.

크루슈 마법학원에 있을 때보다 너무 바빴던 탓이다. 왕녀 전하가 돌아올 때까지는 샬롯이랑 이야기할 시간이 있을 거라고 생각했는데 예상 밖이었다.

그러나 카리나 공주까지 깨닫다니…….

"사정이 이것저것 있는 모양이네. 하지만 분명 시간이 해결해 줄 거야."

"카리나 공주님, 그런 어른스러운 말은 어디서 배워온 건가
요?"

"……혹시 나를 바보로 보는 거야——?"

카리나 공주는 시간이 해결해 줄 거라고 말했지만……. 이
것만큼은 어려울 것 같다.

왜냐하면, 나는 샬롯을 계속 속였으니까.

역시 비밀을 전달한 직후에, 제대로 수습하지도 못하고 방
치한 것이 제일 큰 원인이겠지. 그 타이밍에서 좀 더 이렇게
제대로 대화했으면 좋았을 텐데……. 하아, 나는 어쩌면 좋
지…… 애니메이션에서 알리시아의 기분이 틀어졌을 때는 슈
야 녀석이 선물을 하기도 했었는데……. 하지만 지금 샬롯이
가지고 싶은 게 뭔지도 모르겠고……. 마법학원에 있었다면
티나랑 의논해서 자연스럽게 캐달라고 부탁할 수도 있었을
텐데…….

"드래곤 슬레이어님. 우후후, 오늘은 저희와 차를 즐기시는
건 어떤가요?"

"죄송합니다. 이제부터 예정이 잔뜩 있어서."

"어머나, 드래곤 슬레이어님은 바쁘시군요."

나는 혼자 힘으로 샬롯이랑 화해해야 한다.

그래서, 저기서 책을 안고서 걸어오는 샬롯을 발견했을 때

지금밖에 없다고 생각했다. 이제부터 인챈트 소드의 속성 바꾸기에 대해서 로열 나이트들의 취조가 있다. 하지만 이 기회를 놓칠 수는 없다.

"······샬롯."

시선을 느낀다. 샬롯도 나를 깨닫고서 눈이 마주쳤다. 서둘러 샬롯 곁으로 달렸다. 커다란 창 옆에서 쏟아지는 빛. 따스함에서 여름이 찾아왔음을 느꼈다.

오랜만에 샬롯의 얼굴을 가까이서 보았다. 역시 화내고 있었다.

"······스로우 님은 저한테 사과를 해야죠."

처음에 한 말이 그것이었다.

사과를 해야 하는 건······ 역시 그거겠지.

"미안하다고 생각해. 하지만 이건 말하고 싶어. 나는 너를 생각해서――."

"그쪽이 아니에요. 아뇨, 그쪽도 그렇지만······ 저희, 몇 년이나 같이 있었다고 생각하시나요?"

"······."

"계속. 계~~속! 스로우 님이 조금 이상해진 뒤로도 계~~속 함께 있었는데, 저 슬퍼요! 제 비밀을 알고 계셔서 처음에는 깜짝 놀랐지만, 금방 슬퍼졌어요. 저를 전혀 신용하지 않은 거잖아요!"

"아, 아니야. 그렇지 않아!"

"그리고, 그것만 있는 게 아니에요!"

"어? 샬롯의 비밀을 숨긴 거 말고도 뭔가 사과할 일, 있어?"

"어제, 저한테 살찐다고 한 거예요! 제가 어디가 살이 쪘다는 건가요!"

"아니, 샬롯이 잔뜩 먹길래, 걱정이 돼서……."

"그게 괜한 참견이라고 하는 거예요! 저는 스스로 말하기는 그렇지만 슬림하니까요! 그리고 스로우 님, 제가 누구인지 알고 계시잖아요! 저, 고귀한 왕녀님인—— 우읍, 우우읍."

자, 잠까안! 그건 위험해!

황급히 샬롯의 입을 손으로 막았다.

"샬롯, 누가 들으면 어쩌려고……!"

누가 들으면 위험하다고 말하자, 샬롯도 조금 냉정해졌다.

"딱히 저는, 왕녀님으로 취급해 달라는 게 아니에요. 이제 와서 무리라는 자각도 있으니까요. 청소도 할 수 있고, 요리도 잘하는 왕녀님이 이 세상 어디에 있겠어요?"

"……어?"

아니, 찾아보면 있을걸? 어라? 지금, 요리를 잘한다고 했어?

"스로우 님, 그 표정은 뭔가요?"

"어, 아니 딱히……."

……침묵.

지금까지 얼굴도 제대로 마주치지 못했다. 너무 갑작스러운 일이라 마음의 준비를 못한 탓에 샬롯에게 무슨 이야기를 해야 좋을지 알 수가 없었다.

그렇잖아. 정말로 왕녀님인걸.

나라는 없지만, 그래도 사회의 격으로 보자면 샬롯은 구름 위의 사람이다.

"샬롯. 입 다물고 있었던 건 미안하다고 생각해. 그래서 뭔가, 속죄를 했으면 하는데."

"……그렇네요."

그러자, 샬롯이 조용히 말했다.

"그럼…… 저, 돌아가고 싶어요."

"휴잭에?"

"……네."

"그건…… 미안. 무리야."

그렇게 말하자, 샬롯의 표정이 어두워졌다.

하지만 샬롯도 알고 있을 거다. 지금 휴잭은 아무래도 위험하다. 피크닉을 가는 것처럼 가볍게 갈 수 있다고 할 수 있을 리 없었다. 단련한 병사가 꼼꼼하게 준비를 거듭해서 숨어들어 가는 장소였다. 마법사로서 반편이인 샬롯이 갈 수 있을 리 없었다.

휴잭이 흡혈귀 일파에게 점거된 직후, 다리스의 정예가 화이트 성까지 갔지만 몬스터의 격렬한 저항에 부딪혀 성 탈환에 실패했다.

그리고, 샬롯도 알고 있을 것이다.

이제 와서 고향에 돌아가도…… 그 무렵의 아는 사람은 아무도 없다.

"알고 있겠지만, 네 고향은 지금 몬스터가 점거하고 있어. 모험가나, 조사를 위해서 병사가 파견되는 게 고작이지. 그곳에 민간인은 한 사람도 안 남아 있어."

"그런 건…… 알고 있어요."

"그러면, 어째서."

"…………저는 대정령님이 있어요. 그러니까, 대정령님의 힘을 빌리면——."

"샬롯. 대정령 씨는 거절했지?"

"그건……."

아르트앙쥬는 힘을 쓰기 싫어한다.

이유는 모르겠지만, 그런 그 녀석이 휴잭의 몬스터를 쓰러뜨리고 샬롯을 고향으로 데려가는 걸 도와줄 것 같지 않았다. 샬롯을 소중하게야 생각하는 모양이지만, 대정령 씨의 행동에 관해서는 확신이 있었다.

현실적으로 휴잭에 가는 것은 불가능했다.

"——오오! 데닝 님, 이런 곳에 있었습니까?"

이름 모를 귀족이 다가왔다. 어이, 타이밍을 좀 생각해라. 타이밍을.

분위기도 파악 좀 하라고, 제발!

"아까 왕녀가 어떻다는 이야기가 들렸습니다만."

"어? 아아, 잘못 들으신 거겠죠?!"

"아뇨, 분명히 들렸습니다. 혹시나 카리나 공주 전하와 이 다음에 무슨 약속이라도? 괜찮다면 저도 함께 가겠습니다. 공주 전하의 상대라면 맡겨 주십시오――. 저는 그분을 어렸을 적부터――."

"앗, 샬롯!"

내가 이름도 모를 귀족이랑 이야기를 하는 동안에, 샬롯이 재빨리 사라져 버렸다.

그리고, 카리나 공주 이야기가 아니라고. 우리가 화제로 삼은 왕녀님은 저 애. 지금 슬픈 표정으로 어딘가에 가버린 샬롯 공주란 말이다.

"나는, 이다음에 예정이 있어서요. 죄송하지만 이만――."

"하아……. 아무리 샬롯의 부탁이라도…… 그건 말이지."

역시 몇 번을 생각해도 무리다.

휴잭은 몬스터가 지배하고 있다. 현재 군부가 작은 부대를 보내서 이변이 일어나지 않는가 정기적으로 조사하고 있다. 칠흑 돼지 공작 시절에 조사 결과를 몰래 본 적이 있다. 샬롯의 고향인 화이트 성 주변에는 강력한 몬스터가 서식한다고. 그리고 토브 대삼림에 오크 마을이 생겼다는 보고가 있었지…….

"어머나…… 저 차림을 좀 봐요. 지저분해라."

우와아, 소곤대는 소리다.

이런 건 어쩐지 신경 쓰인단 말이지. 사실은 뒤에서 날 욕하는 거 아냐? 싶어서. 칠흑돼지 공작 시절의 부정적인 흔적이다.

하지만 귀부인들의 목소리는 내 험담이 아니었다.

"여기를 어디라고 착각하는 걸까요? 군인은 참 싫어요."

"군벌 귀족분들하고는 사는 세계가 다른데 말이죠."

어엿한 군복을 입은 젊은 남자가 복도를 걷고 있었다.

어지간히 서둘러서 왔는지, 본래는 보기 좋을 군복이 지저분하고 입은 꾹 다문 상태다.

왕성의 관리들이 싫은 표정으로, 전장에서 곧장 왕도까지 귀환한 모양새의 군인을 흘겨봤다. 하지만 젊은 군인은 심각한 표정으로 앞만 보면서 그들의 말은 신경 쓰지 않는다. 정말이지. 저 녀석들은 누가 나라를 지킨다고 생각하는 거지? 하지만 저 옷에 붙은 훈장으로 짐작하건대 소대를 지휘하는 장교 클래스. 어쩌면 아는 녀석일지도. 가벼운 마음으로 얼굴을 확인했더니…….

낯이 익었다. 깨닫고 보니 몸이 먼저 움직이고 있었다.

"이건…… 힐? 대체 누가…….

"마르코. 왕성에 올 거면 그런 차림은 관둬. 웃음거리가 되잖아."

남작 가문 출신, 아버지가 아끼는 녀석이다. 나하고도 자주 놀아준 기억이 있었다.

악을 놓치지 않는 뜨거운 남자. 분명히 시르바랑 비슷한 나이고, 자기가 더 강하다면서 평민인 그 녀석한테 자주 시비를 걸었지.

"……왕궁의 개가 아무리 비웃은들 신경 쓸 필요 있겠습니까? 제가 사는 곳은 왕도가 아닌 전장이니까요. 그보다도 공자님, 들었습니다. 마법학원에서 당신이 용을 죽였다는 걸요. 지금은 어디서든 공자님의 활약을 술안주 삼아──."

"──그 얘기는 나중에 해. 네가 왜 여기 있어? 너는 휴잭 잠입 조사에 발탁되었을 텐데."

"……잘 아시는군요."

아버지는 마르코의 소질을 알아보고 휴잭으로 가는 중요 임무를 맡겼다. 필요하다면 휴잭에 침입하여 소대를 이끌고서 몬스터의 상태를 살피기도 한다.

기억 속의 마르코는 언제나 명랑하고 상냥했다. 그러나 지금은 초췌한 몰골이었다.

"저는 최악인 남자입니다. 동료를 버리고…… 홀로. 비참하게 돌아왔습니다."

"무슨 일이 있었지?"

평소와 같은 임무였다.

그런데 휴잭에서 이상한 인간과 만나, 즉시 전투로 이어졌다고 한다. 그 결과 부대는 전멸, 마르코는 지휘관이면서도 자신보다 연상인 동료들 덕분에 도망칠 수 있었다고 한다.

"마르코, 너를 공격한 인간은 틀림없이 제국 쪽 인간이겠지?"

"틀림없습니다. 그 흉흉함이란! 도스톨 제국 말고는 없어요!"

"……."

나는 굳어 버렸다.

그건 말야. 그거는…….

아아, 위험하다. 어쩌지?

완전히 잊고 있었는데, 휴잭에 있는 도스톨 제국의 군인이라면…….

그거, 완전히 애니메이션 전개잖아!!

위험하다, 위험해. 다이어트에만 힘을 쏟을 때가 아니었어!

나는 완전히 잊고 있었다. 시기적으로도 이제 금방이잖아.

애니메이션 본편이, 시작돼 버린다.

그렇다면 전쟁이 시작되고 나는 샬롯이랑 떨어져서 배드 엔딩 직행이다.

"공자님. 전 군인으로서 적을 등지고 도주했으니 사형을 받아 마땅합니다. 아니, 판정을 기다릴 필요도 없습니다. 폐하께서 부재중이신 지금, 즉시 왕녀 전하께 보고하고 저는 동료들 곁으로 가겠습니다. 각오는 됐습니다."

"아니, 기다려 봐! 너는 살아남았잖아. 그런 각오 안 해도 된 다니까."

"그러나 저는! 적 앞에서 도주했습니다!"

"그게…… 마르코. 너는 젊은 나이에 부대를 맡을 정도로 우 수한 군인이야. 그런 네가 어찌할 수 없을 정도로 상대가 강했 던 거지? 너를 잃는 건 군으로서도 타격이 커. 아버지도 그렇 게 생각할 거다."

"저 같은 것은! ……대신할 자가 얼마든지 있습니다!"

"잠깐! 목소리 커! 여기는 전장이 아니라고! 소리 좀 줄여!"

애니메이션 전개대로라면 슈야가 장기 휴가를 이용해서 제 네라우스에 가려고 하는데……. 그렇지만 슈야는 바보니까 시간을 절약한답시고 휴책을 가로질러 가려고 한다. 그리고, 알리시아도 반쯤 가출처럼 따라간다.

그러고 보니, 슈야는 여행을 떠나기 전에 도서관에 다니면 서 휴책에 관해 공부한단 말이지……. 아아, 그 녀석의 행동 을 확인해 둘 걸 그랬어! 그 녀석들이 애니메이션 전개대로 행 동했다가는 너무 위험해!

"마르코, 네가 책임을 지고 죽을 필요는 없어. 다음에 다시 대결해서 이기면 되지!"

"과연! 그렇다면 곧장 휴책으로 돌아가야겠군요."

"아니, 그게 아니지! 마르코 너는 카리나 공주님한테 보고를 하러 왔잖아! 휴책에 도스톨 제국의 군인이 숨어들었을지도 모른다고!"

『슈야 마리오넷』, 제1쿨의 출발점.

일상 파트를 마친 그 녀석이 힘을 바라면서 몬스터에게 지배된 나라에 침입한다.

그러나 생각이 얕아서 금방 오크에게 붙잡히고, 녀석들의 주거지로 끌려가게 된다.

오크 마을에서 절체절명의 위기를 맞는 애니판 주인공과 메인 히로인.

그러나 두 사람은 인간과 화목을 목표로 삼는 픽시가 구해줘서, 오크 마을에서 몬스터와 신비로운 교류를 한다.

그렇지만 즐거운 나날은 금방 끝을 고한다.

도스톨 제국의 군인이 화이트 성을 구경하러 간 슈야 일행을 공격하니까.

이번에 마르코가 만났다는 남자는 그 도스톨 군인일 것이다.

"공자님. 저는 카리나 전하에게 보고하고, 다시 휴잭으로 가겠습니다."

"나도 따라가겠어. 지금 너를 혼자 내버려 두면 무슨 말을 할지 모르니까."

나는 도스톨 제국 군인의 정체와 그놈의 목적마저도 알고 있었다.

그 남자는 남방 통일을 노리는 어둠의 대정령 씨에게 절대적인 신뢰를 받는 군인이다.

휴객에 숨어 있는 다리스나 서키스타의 병사 그리고 자유연방의 모험가들을 살육하여 남쪽의 역량을 재기 위해 휴객에 잠입했다.

애니메이션 속에서는 화이트 성 가까운 곳에서 만난 슈야에게 흥미를 가지고, 일부러 슈야의 약점을 지적하는 등 성장을 부추기는 행동을 몇 번이나 하는 기분파이기도 하다. 적측 라이벌 중 한 명이란 느낌일까? 슈야가 몇 번이나 지게 되지만, 극복해야 할 벽 같은 것.

그러나, 지금의 슈야는 틀림없이 발끝에도 닿지 못하는 상대.

그 녀석이 휴객에 있다……. 드래곤 슬레이어라면서 들떠 있던 기분이 단숨에 날아갔다.

끊임없이 사고를 계속하면서, 마르코 옆에서 나란히 걸었다.

"……변하셨습니다. 마치 그 무렵의 공자님과 얘기하는 것 같아요."

"아아. 다이어트를 했으니까."

마르코는 그런 의미가 아니라고 하면서 쓴웃음을 지었지만, 내가 변했다는 게 그거 말고 뭐가 있는데?

그리고, 알현의 방.

평소에는 여왕 폐하나 가디언이 있는 장소에, 카리나 공주와 교육 담당인 추기경이 있었다. 그리고 나랑 마르코 뒤에는 하얀 외투를 입은 로열 나이트들이 늘어서 있었다.

지저분한 마르코의 모습과는 하늘과 땅 차이다.

보고를 받은 카리나 공주는 미간을 찌푸리며 생각했다.

마르코가 또다시 자신을 휴잭으로 보내달라고 부탁했기 때문이다.

"저기, 조금만 끼어들어도 될까요?"

"······스로우 군? 아, 이럴 때는 데닝 경이었지······? 뭐 지금은 어머님도 없으니까 됐어. 뭔데?"

그러나 나는 어째서 잊고 있었을까?

그저 행복한 생활을 만끽하고 있으면, 시간과 함께 애니메이션 전개가 시작돼 버린다.

그리고 애니메이션 전개처럼 전쟁이 시작되면―― 나는 최전선으로 가는 것이 확정. 샬롯을 전장 한복판으로 데리고 가는 건 말도 안 되고, 홀로 쓸쓸히 전장에서 죽어 버릴 가능성도 충분히 있었다. 그런 미래는 절대 사양하겠어!

"그러면 사양 않을게요――. 카리나 공주님. 적임자라면 눈앞에 있지 않나요? 내가 휴잭으로 잠입해서 마르코의 부대를 괴멸시킨 남자에 대해서 조사할게요."

"고, 공자님! 그게 무슨 말씀이십니까! 공자님 몸에 무슨 일이 생기면 저는 데닝 공작 가문 여러분께 고개를 들 수가 없습니다! 제 실책을 공자님이 수습해 주시다니요!"

"나한테 무슨 일이 생기면 오히려 기뻐할 녀석이 많을 것 같은데. 그리고 마르코. 나는 틀린 말 하지 않았어. 아버지는 나한테 데닝 공작 가문의 인간답게 살라고 했어. 그러면, 내가 움직여야지."

아버지는 용을 죽인 것 정도로 지금까지 한 짓이 모두 사라진다고 생각지 말라면서 화를 냈거든.

"그 녀석을 쓰러뜨리는 건 제 역할입니다. 아무리 공자님이라 해도, 양보 못합니다!"

"너는 여전히 뜨겁구나……. 저기 있는 로열 나이트의 냉정함을 좀 본받아 봐라. 저 녀석을 좀 봐. 부탁해도 휴책 잠입은 사양하겠다는 표정이잖아? 아아, 아니. 죄송합니다, 나쁜 뜻이 아니라. 그냥, 이 녀석을 좀 냉정하게 만들려고. 보는 것처럼 책임감이 너무 강해서."

마르코는 젊은 나이치고 상당히 지위가 높은 군인이다. 그건 휴책이라는 위험 지대 담당이라는 걸로도 살펴볼 수 있다. 이 나라의 군인은 지위가 높을수록 전선에 나서는 법이다. 데닝 공작 가문의 영향이지. 애당초 우리 집 사람들 마음에 안 들면 군에서 출세할 수가 없으니까.

"카리나 공주님. 마르코는 지금 보는 것처럼 부하가 당한 탓에 머리에 피가 몰렸어요. 냉정하다고 말하기 어렵죠. 휴책에 돌아가도 그 남자를 만나면 또다시 당할 겁니다."

"카리나 공주 전하! 안 됩니다! 공자님은 데닝 공작 가문의 보물이며, 아직도 크루슈에 다니는 학생 신분! 그 휴잭에 가는 것은 언어도단일 것입니다!"

"무슨 말이야. 나는 그 드래곤 슬레이어거든?"

"우, 우우웅. 마, 말디니…… 이런 경우는 어떡하면 좋지? 이런 상황은 어머님한테 배우질 못했어, 나한테는 조금…… 버거워…….'"

"공주 전하, 데닝 공작은 그를 형들과 마찬가지로 취급하라고 했습니다. 그렇다면 고민할 것 없습니다. 데닝 공작 가문 사람은 숙명을 지고 있으니까요."

지금 휴잭에 병사를 파견해도 루니에게 희생될 뿐이다.

마르코는 제국의 군인이 몇 명씩 있는 게 틀림없다고 생각하지만, 적은 한 사람. 도스톨 제국의 군인은 고작 혼자서 휴잭에 잠입했다.

놈은 정기적으로 잠입하는 다리스나 서키스타의 병사, 종국에는 휴잭을 던전으로 생각하는 모험가와 싸워서 남방의 전력을 파악하고 있다.

그리고 루니는 어둠의 대정령인 나나트리쥬에게, 신속하게 남방을 통일할 수 있다며 최악의 보고를 해 버린다.

"카리나 공주님, 휴잭은 현재 몬스터가 점령하고 있으며, 사태를 신속하게 수습하기 위해서는 유연하게 대응할 수 있는 소수정예가 바람직합니다. 단독으로 용을 토벌한 드래곤 슬레이어인 나 이상의 적임자는 없을 거예요. 그리고 아버지라면 이렇게 말하겠죠. 이건 직계의 역할이라고."

"공주 전하. 그에게 일임하는 것이 좋을 듯합니다."

"어, 하지만. 스로우 군은 군인이 아니고, 어머님이 돌아올 때까지는 아무 데도 보내지 말라고 한 사람은 말디니였잖아. 전에 했던 말하고 정반대인데."

"……."

마르코는 모르겠지만, 나는 노페이스나 세피스를 붙잡았다.

추기경은 나한테 빚을 많이 졌다.

"……드래곤 슬레이어인 그라면, 제국의 군인이 상대라도 밀리지는 않겠지요."

"추기경, 당신은 제정신입니까! 대체 무슨 생각을 하는 겁니까!"

"마르코, 너도 아까 말했잖아. 내가 변했다고. 부하를 잃은 괴로움은 알겠지만 넌 지금 당장 쓰러질 것 같다. 그러니까 너는 쉬어. 그러면 추기경, 세부 사항을 논의하죠. 뭐, 걱정할 필요 없어요. 여왕 폐하가 돌아오실 때까지는 귀환하겠습니다. 그렇네요, 2주 정도면 충분해요."

"달튼…… 그를 물려라."

추기경의 말에 따라 몇 명의 로열 나이트가 억지로 마르코의 양팔을 붙잡아 퇴장시켰다.

"공자님! 휴잭에 사람의 몸으로 들어가는 것은 너무나도 위험합니다! 저는 몸소 휴잭의 두려움을 체감했습니다!"

몬스터의 거주지, 휴잭.

애니메이션 속에서 슈야 일행은 휴잭 횡단을 무모한 짓이었다고 회상했었다.

뭐 당연하지. 그 녀석들이 한 일은 몬스터가 크루슈 마법학원 식당에서 학생한테 들키지 않고 밥을 먹는 것과 비슷한 일이니까.

그러나, 나는 슈야나 알리시아와는 다르다.

휴잭에 침입하기에 앞서, 예상할 수 있는 고생을 모두 짊어질 생각은 없다.

한마디로 말해서, 편하게 갈 수 있으면 편하게 간다.

그리고 내가 가진 지식을 쓰면 그게 가능하다.

그래서 자신의 의사로 여기에 있었다.

"변화 마법에 대한 세부 사항을 캐내려고 했습니다만, 아무 정보도 얻을 수 없었습니다. 놈은 마치 굶주린 짐승입니다. 우리도 상당히 속을 썩이고 있죠. 정말로 혼자서 괜찮겠습니까?"

"문제없어. 아차. 여기서부터는 나 혼자면 돼. 열쇠도 필요 없어."

위병의 배웅을 받으며 한 줄기 빛도 안 통하는 다리스 대감옥을 나아갔다.

왕성의 숨겨진 지하── 그 내부에서도 더욱 안쪽, 숨겨진 나선 모양 계단의 최하층에서 이어지는 돌바닥 복도. 길이가 수백 미터는 된다.

왕성 지하에는 죄인을 가두기 위한 감옥이 있다고 도시괴담처럼 속삭이는데, 그건 실제로 있다.

그리고, 내가 왜 감옥으로 이어지는 통로에 있는가 하면…….

"이번에는 누구야? 누가 와도 아무 말도 안 할 거야…………큭!"

상당히 마르긴 했지만 눈동자의 힘은 변함이 없다.

크루슈 마법학원에 침입한 용병. 지금은 지팡이를 빼앗겨 무력화됐다고 들었는데, 그녀는 철창을 쥐고서 손을 뻗어 나를 붙잡으려고 몸부림치고 있다.

조금 표현을 순화해서── 무섭잖아아아아!

화가 났을 거라고는 예상했지만 상상 이상이다.

크루슈 마법학원에 숨어들었던, 무지막지분노 용병 노페이스 씨.

"스로우 데닝! 이제 와서, 용케 얼굴을 내밀었구나아!"

내가 운명을 뒤틀어 버린 사람 넘버 원. 세피스는 그나마 스스로 반성할 수 있었던 모양이지만, 이 녀석은 다르겠지. 그리고 옥중에서 나를 불러 달라고 했다는 얘기를 들었다. 나랑 얘기하기 전까지는 아무것도 말하지 않는다고. 하지만 그 정보가 나한테까지 오질 않았으니까 어쩔 수 없잖아.

"마법학원에서 너는 내 정체를 알고 있는 투였어! 대체 어디까지 내 정체를 알고 있지!"

"……그 물음은 보류하고. 어디 보자. ──네 석방에 힘써주겠다고 하면 어쩔래?"

찬밥 더운밥 가릴 때가 아니다.

나는 휴잭에 침입하기 위해서 이 녀석의 힘이 필요하다.

변화 마법. 현 단계에서는 아직 아무도 깨닫지 못했지만, 이 녀석이 변화라는 어마어마한 마법을 행사할 수 있는 건 매직 아이템 덕분이다.

희소성을 따지면 기사국가의 국보인 그 인챈트 소드마저도 능가하는 숨겨진 힘.

애니메이션 전개 시작 전에 전쟁을 막을 수 있다면 전력을 다한다.

이제 와서 악역과 손을 잡는 것 정도는 주저하지 않는다.

"……조건은?"

그녀의 분노가 눈에 띄게 내려갔다. 과연 노페이스, 전환이 빠르다. 분노 이상의 감정이 떠오른 거겠지.

"네가 가진 매직 아이템을 빌려줘."

"…………역시 알고 있었구나. 어째서, 내 정체를 알고 있지?"

"애니메이션 봤으니까꿀."

"뭐? 죽여 버린다. 진지하게 대답해."

솔직히 대답한 건데.

애당초 뭐라고 설명하면 되는데.

미래를 알고 있다고 하면, 내가 어디 이상한 병원에 들어가게 될 수도 있다.

"대답할 의무는 없어. 하지만 너도 할 일이 있을 텐데. 이대로는 순순히 죽을 수 없겠지. 네 고향을 불태운 불의 대정령에게 복수하기 전까지는."

"……어디까지, 알고 있지?"

"적어도, 네가 좋아하는 음식 같은 건 몰라."

나는 알고 있다.

노페이스의 정체가 본래 귀족이었다는 것도. 엘드레드를 원망하는 것도.

노페이스는 사태가 너무나도 급변하자 오히려 냉정함을 되찾은 게 아니라, 아예 공포를 느끼고 있었다. 아무도 알 리가 없는 내심을 간파당했으니까 당연한 반응이지.

이 세상에서, 엘드레드를 매장한다.

터무니없는 꿈을, 이런 처음 보는 돼지가 알고 있으니까.

"그럼, 내 생각에 따를지 말지. 결정해."

지하 감옥에서 지상으로 돌아오자, 밝은 햇빛에 현기증이

날 것 같았다.

내 손가락에 끼운 검은 반지, 이게 있으면 휴잭에 침입하는 것뿐 아니라―― 화이트 성에도 다가갈 수 있을지 모른다.

이걸로 휴잭 잠입 문제는 클리어.

슈야처럼 제네라우스까지 가는 날짜를 줄이기 위해서 무턱대고 휴잭으로 돌입하는 건 바보나 하는 짓이다.

"――스로우 님!"

"빠르구나, 샬롯. 너를 이 자리에 불러낸 이유 말인데, 대강은 알 거 같아?"

험상궂은 병사들만 있는 가운데, 자리의 분위기에 안 어울리는 소녀가 내 이름을 불렀다.

병사들이 누구인가 흥미를 가진 모양이지만, 나와 데닝 공작 가문의 관계자라는 것을 알더니 납득한 모양이다.

로열 나이트에게 부탁해서 샬롯을 여기까지 불러냈다. 진지한 모습을 보니, 로열 나이트에게 얼추 이야기를 들은 모양이다.

"휴잭에 간다고 들었어요! 그래서, 마르코 씨는 무사한가요?"

"그 녀석은 무사해. 옛날이랑 변함없이 뜨거운 성격이라서, 마지막까지 자기를 휴잭으로 데려가라고 매달리더라."

마르코는 하다못해 자신을 휴잭까지 가는 길 안내자로 삼아도 좋으니까 데려가라고 애원했지만, 단호하게 거부했다. 루니에게 원한을 가진 탓에 녀석을 발견하자마자 멋대로 행동하면 못 버티거든.

하지만, 샬롯은 다르다. 지금 우리 관계는 복잡하니까, 휴잭으로 가는 건 나 혼자라는 선택지도 틀리진 않았다.

왜냐면, 거기는 몬스터가 활보하는 미지의 세계이기 때문이다.

제 몫을 하는 마법사라고 부를 수 없는 샬롯은 걸림돌이 된다.

"그러니까. 그래서 마르코가 휴잭을 조사하다가 수상한 남자한테 공격을 받아서 부대가 괴멸했어. 나는 그곳에서 무슨 일이 일어났는지 조사하게 됐는데."

"하지만, 스로우 님은 여왕 폐하를 만날 때까지는……."

"카리나 공주님에게서 2주 동안 자유 시간을 받았어. 짧지만, 그사이에 결판을 낼 거야."

"고작 2주 만에요? 지금, 휴잭은……."

"알고 있어. 하지만 나는 데닝 공작 가문의 인간으로서 가야해. 샬롯, 굉장히 갑작스러운 이야기지만, 어떻게 할지 이 자리에서 들려줘."

몬스터에 지배된 샬롯의 고향에 이변이 일어나고 있다.

애니메이션 전개의 시작을 예감하게 되는 지금.

이 2개월은 그야말로 전쟁을 막기 위한 절호의 기회였다.

"……스로우 님. 휴잭은 몬스터가 잔뜩 있어서, 도저히 잠

입할 수가 없다고 아까…….″

"말했지. 그래서, 나쁜 녀석이랑 손을 잡기로 했어. 나중에 어떻게 될지 모르지만 적어도 잠입할 준비는 됐어.″

"그건, 저기. 어떤 건가요?″

"지금은 사정이 있어서 말 못해. 샬롯도 도저히 믿을 수 없는 방식으로, 나는 네 고향에 잠입할 거야. 지금 알고 싶은 건 네 의지야. 갈 건지, 아닌지. 가지 않는다면 나는 혼자서 갈 거야.″

제국 군인은 노페이스나 세피스하고는 격이 두 단계는 다른 적 캐릭터로, 인챈트 소드를 가진 시르바조차도 패배할 가능성이 큰 마법사다.

솔직히, 가시밭길이었다. 그러나 전쟁으로 이어지는 애니메이션 전개를 막기 위해서는, 놈에게 한 방 먹여서 남방 통일이 어렵다고 생각하도록 해야 한다.

"출발은…… 언제인가요?″

"지금 당장에라도 출발하고 싶어. 그쪽에서 이것저것 준비를 하고 싶으니까.″

"지금부터…… 굉장히 서두르네요.″

샬롯에게는 너무 갑작스러운 이야기일 것이다.

왜냐면 아까 막 부정한 참이니까.

그리고 고향으로 돌아가고 싶다고 하면서도 어쩌면 현실성이 없었을지도 모른다.

왜냐면, 거기는 세간에 일반적으로는 흡혈귀 일파가 지배하는 무시무시한 인외마경으로 알려져 있기 때문이다.

"저도, 갈게요. 그러니까, 데려가 주세요."

그래도 그녀는, 용감하게 말했다.

균열이 생긴 우리의 관계.

팀워크는 기대할 수 없고, 둘의 목적도 제각각이다.

너는 생가인 화이트 성에 돌아가고 싶다.

나는 네 고향, 휴잭에서 미래를 바꾼다.

우리 목적은 양쪽 다, 어렵기 짝이 없는 임무임이 틀림없었다.

2장 휴잭

"시간이 2주밖에 없는데⋯⋯. 빈집에 틀어박혀서 뭘 하고 있는가 했더니⋯⋯ 스로우 님! 몬스터로 변신할 수 있을 리가 없잖아요! 준비가 다 됐다고 하면서 현실도피하는 건 그만두세요!"

누구든지 상상해 본 적은 있을 것이다.

지금보다도 머리가 좋아지고 싶다. 빨리 달리고 싶다. 강해지고 싶다. 등등.

희망에 찬 미래를 꿈꾼다. 그리고 언젠가는 자신의 한계를 깨닫는다.

그렇지만 여기는 불가능이 가능해지는── 마법의 세계.

수많은 마법사가 지금도 목숨을 걸고 도전하는 마법은 대강 3개로 좁혀진다.

소생, 비행 그리고 변화.
^{얼라이브} ^{플로우} ^{체인지}

"샬롯. 모습까지 바꿔야 휴잭에서 자유롭게 행동할 수 있어. 네가 목표로 삼은 화이트 성은 북쪽과 국경이 가까운 휴잭의 깊숙한 곳에 있잖아."

"……대정령님한테 부탁하면 되잖아요."

"그 녀석은 분명히 샬롯 편이지만, 화이트 성을 본다는 목적을 위해서 몬스터를 공격하지는 않아. 크루슈 마법학원이 몬스터에게 습격받았을 때도 그래. 그 녀석은 마지막까지 아무것도 안 했잖아?"

"그건…… 그럴지도 모르지만요."

샬롯, 너는 아직 모를 수도 있겠지만 침대 위에서 꾸벅꾸벅 졸고 있는 검은 고양이는 진짜로 도움이 안 된다고.

"휴잭에 침입하는 건 나 혼자라면 어떻게든 되지만, 마법에 간신히 손이 닿은 수준의 마법사를 언제나 봐주면서는 좀 어려워. 아마 아무것도 못하고 도망쳐 돌아오게 될 거야. 실제로 지난 며칠, 샬롯은 혼자서 휴잭 너머로 가려다가 결국 국경선 너머의 몬스터에 겁을 먹고 한 걸음도 못 갔잖아?"

"……그러면, 스로우 님이 하려는 마법은 성공할 가능성이 있는 건가요?"

"가능성이 없으면, 안 하지."

변화. 그것은 마법사의 꿈이기도 한 대마법이다.

자신의 모습을 자유자재로 바꾸고 싶다는 욕망은 누구나 한 번은 꿈꾸는 기적이다.

그러나 샬롯은 불가능하다고 잘라 말했다. 정말 그럴까? 최근에 변화 마법을 써서 학원에 숨어들어 온 용병이 있지 않던가?

아, 하지만 그렇구나. 그때 샬롯은 직접 보질 않았군.

"불가능하지 않다냥, 샬롯. 스로우가 가진 꺼림칙한 도구를 쓰면, 잘 될지도 모른다냥."

"어, 대정령님. 무슨 말인가요? 그리고 저기, 졸던 게 아니었네요?"

"일어나 있었다냥. 하지만 스로우. 너 그거 어디서 손에 넣었냥."

"비밀이야."

역시, 바람의 대정령 씨는 내가 뭘 끼고 있는지 알아챘군. 그나저나 꺼림칙하다는 건 또 뭐냐.

하긴 어쩔 수 없지. 나나트리쥬 씨는 다른 대정령들한테 미움받고 있으니까.

"샬롯도 기억할 거라고 생각하는데, 마법학원에 용병이 숨어든 사건. 변장의 달인이란 결론이 났지만 진실은 달라. 어디, 준비는 이걸로 끝났고. 샬롯은 거기서 한 걸음도 움직이지 마."

"저기……? 스로우 님, 저. 이야기의 흐름을 따라가지 못하겠는데요……. 그러니까. 스로우 님이 지난 며칠 동안 빈집에서 뭔가를 몰래 하고 있나 했는데, 복잡한 마법진을 그리고 있었고—— 전부 변화 마법을 위한 준비였는데……. 하지만, 그런 건 불가능하잖아요……."

"간단한 이야기야. 용병 노페이스는 자기 모습을 바꾸기 위해서 매직 아이템을 썼다. 그리고 용병의 매직 아이템은 지금 나한테 있다. 그런 거지."

나는 책상 위에 놓인 병을 집어서 안에 든 걸 한 방울 바닥에 떨어뜨렸다.

화악. 마법진이 반응하고, 검은 연기가 수상쩍게 뭉게뭉게. 그리고 내 왼손, 검지에 낀 칠흑의 반지가 둔탁하게 빛났다.

노페이스의 석방에 힘써 주는 대신 빌려온 매직 아이템. 귀족이란 과거를 가진 용병이 대재해 속에서 가족에게 물려받은 유산.

"이, 이 연기는 뭔가요……. 스로우 님, 대체 뭘 할 생각인가요!"

지난 며칠, 나는 휴잭의 국경 부근에 버려진 민가 하나에 틀어박혀서 하염없이 조정에 힘을 쏟고 있었다.

이 부근은 버려진 집의 보물 창고.

다소 신기한 빛이 흘러나와도 신경 쓰는 사람은 아무도 없다.

"서, 설명해 주세요!"

"샬롯. 걱정할 거 없다냥. 아마, 괜찮다냥."

"대정령니임. 아마는 뭔가요, 아마는!"

중요한 것은 나 자신을 완전히 믿는 것이다.

나는 오크. 인간이 아니다. 굵직한 팔, 다리, 숨을 잔뜩 들이쉴 것 같은 코. 상상해라. 나는 살이 오른 오크……. 아니, 그건 좀 싫다……. 조금 멋있는…… 오크…… 아니지이, 그냥 오크가 된다면 아무래도 좋아! 어쨌든지 나는 오크!

그리고 샬롯은 당연히 그거다.

지금 휴책에 있는 그녀를 위해서도—— 그것밖에 없어!

"대정령님! 스로우 님의 눈이 충혈됐는데, 이거 괜찮은 건가요?"

"저건 잠을 못 자서 그럴 거다냥. 그럼 나는 이만."

"아, 도망쳤어!"

자. 기다려라, 나나트리쥬가 보낸 부하.

뛰어난 군인의 소양을 가진 너를 쓰러뜨리고, 나는 제국의 보스, 나나트리쥬에게 전하겠어.

과거에는 북방에 군림하는 마인에게서 영토를 빼앗고, 북쪽에 인간의 나라를 부흥시킨 실력 있는 대정령. 그렇지만 요즘에는 너무나 제멋대로 굴어서 남방의 적이 된 막무가내 여자애, 나나트리쥬.

"샬롯, 움직이지 마! 진정해!"

"그건 이쪽이 할 말이에요, 스로우 님! 제정신으로 돌아오세요!"

네 부하를 휴책에서 쫓아내고—— 나는 미래를 바꿔 주겠어.

●

"몬스터가 됐다지만, 이렇게 간단히 입국할 수 있다니……."

나뭇잎 사이로 햇볕이 내리쬐는 숲의 입구, 눈앞에는 대초원이 펼쳐지고 있었다.

우리는 황록색 초원을 바라보며 쉬고 있었다.

몬스터가 통치하고 있는 휴잭.

인간이 영지에 침입하면 비열하고 잔혹하다고 이름 높은 북쪽의 흡혈귀가 습격한다고 하기 때문에, 이곳의 이미지는 최악이다. 그러나 모든 것은 인간 입장에서 본 것이다. 몬스터로 모습을 바꾼 우리 앞에는 무지막지 평화로운 광경의 휴잭이 펼쳐지고 있었다. 국경 근처에서 눈을 희번덕거리는 것처럼 보였던 몬스터들도, 가까이서 보니 그냥 느긋하게 일광욕을 즐기고 있을 뿐이었다.

"그렇지만 인간 모습이었다면 몇 번이고 습격을 받는 꼴이 됐겠지……."

샬롯은 휴잭이 자신의 상상과 너무 달라서 말도 안 나오는 모양이다.

어디, 나는 샬롯과 이제부터 어떻게 할지 방침을 정하고 싶은데…… 샬롯은 현재 상황이 말도 안 나온다는 모습이라, 제정신을 차리길 기다려야겠다.

몬스터가 되어도 청초함을 잃지 않는 귀여운 옆모습을 멍하니 바라보았다. 샬롯은 오크가 된 내 뒤를 따라오고 있는데, 계속 기분이 틀어져 있었다. 픽시 복장은 좀 그러니까 당연하나고 생각은 하는데…….

"저기…… 스로우 님."

이 나라에서 일어날 수 있는 미래를 꼼꼼하게 음미해 본 결과, 샬롯은 픽시로 변신시키기로 했다!

그건 그렇고…… 진짜 아슬아슬하네, 이거. 안 되지 않나? 안 되지 않나? 이거.

"어디를 보는 건가요!"

"…………어?"

내 시선을 깨달았는지, 샬롯이 부들부들 떨고 있었다.

"역시 이상해요……. 어째서 저는 이런 차림인 거죠……. 스로우 님은 저를 뭘로 생각하는 건가요? 이래 봬도 전 일단은, 이, 일단은 왕녀님! 분명 왕녀님 취급을 바라지는 않는다고 했지만요, 그래도 이건 아니라고 생각하는데요!"

"지, 진정해. 샬롯. 이게 다 이 나라에 있는 몬스터 사정을 분석한 결과야. 나중에 픽시라서 다행이라고 생각할 거라니까! 정말이야, 믿어 줘!"

"저, 저 알고 있어요! 스로우 님이 몬스터 도감에 표시해 둔 페이지! 거기 실려 있는 몬스터도 다 기억하고 있어요! 픽시는 남쪽에 별로 안 나와서 유감이라고 스로우 님이 옛날에 투덜

거린 것도, 기억하고 있어요! 제 비밀을 계속 말 안 한 것도 그
래요! 언제나 중요한 걸 가르쳐 주지 않네요."

오크가 된 나를 픽시가 노호처럼 매도한다.

안 돼!

아무래도 샬롯이 계속 입 다물고 있었던 건 자기 복장에 대
해서 생각하느라 그랬나 보다! 그리고 표시해둔 페이지라니!
샬롯, 그런 것까지 체크했었어?!

지금까지 담아두고 있던 불평을 마구 쏟아낸다.

"그쯤 해 줘라냥, 샬롯. 오크가 되는 것보다는 낫다냥."

"그건 그렇지만요……. 그리고, 저기. 일어나 계셨네요……."

설마 바람의 대정령 씨가 도와줄 줄은 몰랐다.

그런데 이 녀석…… 혹시 눈치챘나? 나랑 샬롯 두 사람의 변
화를 유지하기 위해서 내가 언제나 마력을 소비하고 있다는
걸……. 있을 법하네, 일단은 대정령님이고.

하지만, 이것 말고 방법이 없었다.

나 혼자라면 모를까, 샬롯도 함께라면 선택지가 없다. 몬스
터로 변화한 지금이니까 태평한 기분을 맛보고 있지만, 휴잭
으로 입국하는 건 너무나도 가혹하다.

……좋아. 샬롯도 진정한 것 같으니까 이제 그만 본론으로
들어가자.

"샬롯, 우리는 이제부터 몬스터의 서식지인 토브 대삼림에

들어갈 거야. 내 목적은 마르코를 습격한 남자를 조사하는 거고, 네 목적은 화이트 성으로 돌아가는 것. 이거 틀림없지?"

"……네."

"그러면…… 일단은 현재 휴잭에 대해서 가볍게 설명을 해 둘게."

"이제 와서 휴잭의 설명, 인가요?"

"응, 설명이야. 나도 변화하면 절대 몬스터의 공격을 받지 않는다고 확신할 수는 없었으니까, 자세한 설명은 안 했어. 하지만 이렇게 무사히 들어왔으니까 이야기하려고. 이제부터 하는 얘기는 세간에 알려지지 않은 휴잭의 진실이란 거야."

애당초 말이지.

휴잭은 흡혈귀가 지배한다고 하던데, 전제가 틀렸다.

"일단―― 네 조국을 공격한 몬스터, 현재는 제국의 영토가 된 북방 이슈란 영지 A급 미궁에서 나온 던전 마스터, 회색 흡혈귀 블러디 경 일당은 이미 토벌됐어. 현재 휴잭을 지배하고 있는 몬스터는 흡혈귀가 아니라 다른 몬스터야."

샬롯은 말을 잃었다.

하지만 냉정하게 내 말을 듣고자 하는 자세는 고마웠다.

조금씩, 네 조국에서 무슨 일이 일어났는지 전해야지.

"……정말인가요?"

"정말이야. 그래서는 아니지만, 휴잭의 이미지가 소문에 들은 흡혈귀의 공포 정치하고는 전혀 다르지?"

"어째서…… 그런 중요한 정보가 알려지지 않은 건가요?"

"그 무시무시한 회색 흡혈귀를 토벌한 게 인간이 아니라서 그래."

"……인간이, 아니에요? 잘 모르겠어요……."

"몬스터야. 몬스터가, 나라를 함락한 흡혈귀를 토벌했어. 그리고 새롭게 휴잭을 지배하게 된 몬스터는 계속 남방 대국에 평화의 뜻을 전하고 있어. 하지만, 남방 대국은 누구도 그 손을 잡을 수가 없지. 조금…… 아니, 상당히 사정이 있는 몬스터라서."

"흡혈귀를 쓰러뜨린 건 대체 어떤 몬스터인가요?"

당연한 의문이었다.

휴잭에 살던 인간을 고작 며칠 만에 몰아낸 흡혈귀의 군세는 경이적이었다. 그렇지만 이제 놈들은 아무 데도 없었다.

그렇다면, 놈들을 쓰러뜨린 건 누구일까?

"도스톨 제국에 계속 저항하고 있는 픽시라고 하면, 딱 감이 오지 않아?"

"설마……."

"아마, 샬롯이 상상하고 있는 그대로일 거야. 더 자세하게 말하면, 푸른 눈_{블루 라이트}이라는 별명을 가진 픽시 종족 중에서 태어난 영웅 개체. 도스톨 제국과 반목하는 인간과 손을 잡는 데 성공한 몬스터의 임금님이 흡혈귀를 멸망시켰어."

모르는 사람이 없을 것이다.

지금 북방의 강력한 몬스터를 한데 모아서 제국에 저항하고 있는 북쪽의 마왕. 몇 개의 나라가 제국의 기세에 삼켜진 가운데, 제국의 삼총사와 유일하게 맞설 수 있는 몬스터.

"본래 흡혈귀들은 인간과 동맹을 선택한 북쪽의 마왕하고 뜻이 안 맞아서 남쪽으로 내려왔다고 해. 그렇지만 휴객을 공격하는 건 북쪽 마왕의 뜻에 반하는, 그냥 넘어갈 수 없는 폭거였겠지. 흡혈귀는 하룻밤에 구축됐다고 들었어."

"……어째서 가르쳐 주지 않은 건가요?"

"당연히 가르쳐 줄 셈이었어. 하지만 흡혈귀가 토벌된 건 꽤나 오래전 일이고, 너는 아직 건강하다고 하기는 거리가 먼 상태였거든. 도통, 고향 이야기를 할 상황이 아니었지."

그 무렵의 샬롯은 말하기 그렇지만 마음의 병을 앓고 있었으니까.

그럴 때 고향의 정보를 전하는 건 너무 괴로울 거라고 생각했다. 샬롯도 당시 자신의 상황이 어땠는가를 떠올렸는지 조금 어두운 표정이었다.

"현재 이 땅 휴객은 블루 라이트의 뜻을 이해하는 동족인 픽시가 다스리고 있어. 이름은 에어리스. 모든 몬스터가 픽시를 따르는 건 아니라고 하는데, 그래도 상당한 권력을 가진 것 같아. 에어리스는 당장에라도 휴객을 인간에게 반환할 생각이 있다고 했지만, 남방 국가들은 움직일 수 없어. 그녀와 대화를 하는 건, 블루 라이트와 대립하고 있는 도스톨 제국에 대한 선전포고로 보일 테니까.”

그러나 에어리스, 그녀의 마지막을 떠올리면 마음이 아프다.

이 휴작에서 일어난 미래.

제국에서 파견된 자가 있는 걸 깨달은 에어리스는 남쪽 인간들과 화목을 진행하고자 행동했다.

그녀의 여동생인 블루 라이트처럼, 남방에도 인간과 협력할 수 있는 몬스터 집단을 만들고자 생각했다. 그러기 위해 다리스의 귀족인 슈야 및 서키스타의 왕족인 알리시아와 교류를 꾀하지만, 두 사람을 화이트 성으로 데리고 가는 참에 도스톨 쪽 군인에게 습격을 받아서── 허망하게, 죽었다. 죽어 버렸다.

“샬롯도 몬스터의 모습으로 여기까지 와서 놀랐을 거야. 흡혈귀가 지배하고 있다는 소문과는 정반대니까. 이렇게 평화로운 세계가 펼쳐지고 있는 이유는 에어리스의 의향이 반영됐다는 말이겠지. 인간이 움직이지 않으니까 자신들에게 살기 쉬운 세상으로 바꾸고 있는 거야.”

대륙 남방하고는 달리, 북방은 투쟁의 역사라고들 한다.

드래곤 같은 강한 몬스터라면 인간이 도망치지만, 태반의 몬스터는 인간에게 사냥당하는 존재다. 그래서 그들은 언제나 도망칠 수 있도록 준비하며 살아간다고 한다. 그런데, 우연이라지만 인간이 출입하기 두려워하는 영토를 손에 넣었다.

그들 입장에서 휴잭은 낙원 같은 느낌이겠지.

"샬롯. 나는 이제부터 이 토브 대삼림의 오지에 들어가서 정보를 모으기 위해, 몬스터 측에 서서 진짜 오크처럼 행동할 셈이야. 내가 알고 싶은 남자의 정보는 이 숲에 살고 있는 몬스터가 가장 자세히 알 테니까. 그리고 샬롯은 몬스터 측에 선 나를 보고서 싫은 마음이 들지도 모르니 먼저 말해 둘게. 미안."

세심하게 주의를 기울여서 말을 꺼냈다.

샬롯은 진지한 표정이다.

사실은 하고픈 말이 잔뜩 있고, 나에게 화를 내고 있을지도 모른다.

어째서 고향의 진실을 지금까지 말 안 했는지.

아직 또 뭔가 숨기고 있는 것은 아닌지.

"……알았어요. 그러면, 스로우 님이 오크가 된 이유가——."

"있어."

애당초 샬롯을 픽시로 변화시킨 것도 커다란 이유가 있었다.

당연히, 내가 오크가 된 것도.

"마르코한테 들었어. 이 숲속에 오크가 일대 세력을——."

이어서, 나는 이유를 말하고자 했는데——.

그때, 멀리서 누군가 외치는 소리가 들려 우리는 서로를 마주 보았다.

낮은 소리가 몇 개나 겹쳤다. 처음에는 인간의 소리인가 생각했지만…… 귀를 기울이자 전혀 달랐다.

"꾸울! 죽어버리겠어꿀!"

"죽기 싫다꾸울! 누가 도와줘꾸울!"

틀림없이 동료……가 아니라 리얼 오크의 소리. 목소리가 들리는 방향으로 고개를 돌리자── 있다. 오크들이 커다란 사족보행 도마뱀의 공격을 받고 있었다.

저건 도마뱀 형태의 몬스터 중에서도 특히 공격적인── 어택 리자드. 딱딱한 피부와 커다란 몸치고는 민첩하게 움직이며, 기다란 혀로 떨어진 장소에 있는 상대를 단숨에 휘감는다.

던전에 도전하는 모험가 기준으로 생각하면 B급으로 분류되는 몬스터.

"스로우 님, 저건……."

"응, 빨리 만났네."

샬롯이 말한 것처럼, 오크들이 어택 리자드의 꾸물꾸물 움직이는 기다란 혀에서 도망치고 있었다. 그건 몬스터와 몬스터의 싸움이니, 인간인 우리는 상관없다고 할 수도 있었다.

하지만.

"나는 일단, 이 땅에서 지금 무슨 일이 일어나는지 알고 싶어. 그러니까 구하러 다녀올게. 지금 나는 오크야. 동료가 공격을 받고 있으니까 도와야지."

제국에서 보낸 루니는 강적이다.

놈을 쓰러뜨리는 건 만만찮은 일이다. 왜냐면 애니메이션에서도 종반, 슈야가 엘드레드의 힘을 끌어낼 수 있게 되고서야 간신히 쓰러뜨릴 수 있었던 상대이기 때문이다. 아무리 오크라지만 동료가 필요하다.

적어도 애니메이션에서처럼, 잔뜩 몬스터가 모여들었던 상황으로 루니를 몰아넣고 싶다.

그러니까 우선 이 나라에 있는 몬스터들에게 동료로 인정받는 것이 중요하다.

나는 풀밭에서 어택 리자드에게 공격받고 있는 오크 무리에 다가갔다. 오른손에는 오크에게 걸맞지 않은 지팡이를 쥐고서——.

"꿀꿀꿀꿀꿀!"

——대시다!

크루슈 마법학원에서 다이어트를 위해 자주 쓴 대시!

나는 우다다다 큼직한 걸음으로 달렸다. 비켜 비켜! 리얼 오크가 나가신다!

"큐오오오오오오오오오."

오오! 도마뱀이 커다랗게 소리를 지른다! 가까이서 보니까 더 크네! 적어도 오크는 아무리 모여도 맞설 수가 없겠지! 하지만, 나라면——.

"오크 마법사, 스로부! 오크 마을은 스로부를 환영한다꾸
울!"

길다란 대열을 짠 오크 부대가 줄줄이 숲속을 걸어갔다.

어택 리자드를 상대로 누구보다도 선두에 서서 과감하게 싸
우고 있던 오크 하나. 몸이 상처투성이인 그 녀석은 자신보다
몇 배 커다란 어택 리자드와 호각으로 맞서고 있었다. 오크치
고는 상당히 움직임이 좋았다. 왼팔에 새겨진 붉은 문신을 봤
을 때, 나는 이해했다.

그냥 오크가 어택 리자드와 대등하게 싸울 수 있을 리 없다.

그러니까, 이 녀석은 틀림없는—— 오크 킹이다.

나는 왕관 오크, 오크 킹 옆에 서서 조력하겠다고 선언하고
는—— 오크 킹이 뭐라고 말하기 전에 마법으로 어택 리자드
를 해치웠다.

——그랬더니, 오크 마법사가 나타났다고 대소동이다.

"기대하고 있어라꾸울, 스로부. 오크 마을은 급격하게 발전 중
이다! 꿀꾸울!"

오크 부대 안에서도 선두를 걸으며 호쾌하게 웃는 오크 킹.

나는 이 녀석을 기억하고 있었다.

슈야와 알리시아가 머무르는 오크 마을의 보스, 부히타.

그는 다른 마을의 오크를 데리고 자기네 마을로 가는 와중에

우리와 만났다. 망나니라서 마을에서 쫓겨난 거대 도마뱀의 공격에서 도망치고 있을 때였다는 모양이다.

"그래서 부히타. 네 마을에 이제부터 픽시가 온다는 말은 사실이겠지?"

"정말이다꿀!"

에어리스와 접촉하여 우호를 바라는 나로서는, 오크 마을로 가는 건 지극히 당연한 이야기.

그리고 내 뒤를 걷는 픽시 모습의 샬롯도 지금 휴잭을 지배하고 있는 몬스터 에어리스에게 흥미가 큰 모양이다. 그런 샬롯의 품에는 어딜 다녀왔는지는 몰라도 바람의 대정령 씨가 코를 골면서 자고 있었다. 진짜 너무 자유롭지 않냐? 바람의 대정령 씨, 이래도 되는 거야? 긴장 좀 하라고.

"그건 그렇고 스로부. 오크랑 픽시 2인조는 보기 드물다꿀. 혹시 사랑하는 사이냐꾸울?"

어택 리자드의 공격을 받고 있던 부히타의 상처를 힐로 치유하자, 부히타는 오크 마법사인 나를 오크 마을로 데려가고자 안달을 했다. 처음에는 리얼 오크가 아니라 가짜 오크란 게 들키지 않을까 걱정했지만, 내 기우였다.

그러나, 부히타. 그건 관둬.

나랑 샬롯은 지금 절묘한 밸런스 위에서 관계가 성립돼 있다고. 우리 사이에 흐르는 미묘한 분위기를 좀 짐작해 줘. 뭐 사정도 모르는 몬스터에게 이렇게 말하는 것도 좀 그렇군.

"그냥 친구야."

"픽시랑 오크가 사이좋게 지내는 건 처음 들었다꿀."

"……이런저런 사정이 있어."

묘하게 치고 들어오는 오크로군…….

그러나, 나랑 샬롯이 무슨 관계냐고? 참 깊숙한 곳을 찌르는 오크라니까…….

친구? 주종? 아니 그래도 샬롯은 왕녀님이다. 친구……라고 해도 되나? 잘 모르겠다. 도움을 청하고자 샬롯을 봤는데, 아, 눈치 못 챘다. 엄청 긴장하고 있네! 하긴 무리도 아니지. 몬스터에게 둘러싸여 있으니까. 그렇지만 나도 아까부터 계속 오크들이 말을 걸어서 말이지──.

"그리고 어째서 둘 다 인간 같은 옷 입고 있냐꿀?"

"몬스터도 패션 센스를 갈고닦지 않으면 시대에 뒤처진다니까."

"그래도 픽시가 저런 옷을 입는 건 이상하다고 생각한다꿀!"

"그건 나도 전적으로 동감…… 아, 거짓말입니다. 정말로 거짓말입니다."

불길한 시선이 뒤에서 느껴진다.

힐끔 돌아보니, 샬롯이 거무죽죽한 감정을 품은 눈으로 나를 노려보았다. 조금 전까지는 불안한 기색으로 두리번거리면서 따라왔는데, 역시 복장에 관해서는 아직도 꽁한가 보다. 참고로 오크의 대열 후방에서는 "오크 마법사~. 마법사~."

하며 대합창을 하고 있다. 잠깐만. 그 어택 리자드를 수십 마리 오크가 영차영차 짊어지고 있네. 오늘 저녁으로 삼을 셈인가?

"그건 그렇고 부히타. 너는 어째서 네 마을에 오크 말고 다른 몬스터를 모으고 있어?"

"스로부는 악마를 아냐꿀?"

"……."

"어라 스로부. 갑자기 왜 입을 다무냐꿀?"

"아니, 아무것도 아냐. 그리고 악마라니…… 만약 괜찮다면 가르쳐 줄래?"

"이 나라에 갑자기 찾아온, 빛을 빼앗는 인간이다꿀. 다가가면 아무것도 안 보이게 된다꿀. 그 녀석에게 대항하려고 우리는 종족의 벽을 넘어서 단결할 필요가 있다꿀."

"……."

틀림없이, 오크들이 위협으로 생각하는 인간은 루니였다.

그렇군. 이미 지금 시점에서 몬스터들도 루니가 있다는 걸 깨닫고 있었구나…….

그러나, 그 녀석이 악마라. 악마란 말이지. 그 녀석이 쓰는 마법을 생각하면 제법 정곡을 찌르는 표현이다. 오크들은 악마에게 대항하기 위해서 자신들의 마을에 몬스터를 모으고자 한다. 그리고, 언젠가 악마를 쫓아내기 위해 싸울 거라고 했다.

──오크라지만, 킹 종이라 그런지 야무지군.

"""스로부는 마법사. 오크 마법사꿀."""

엉망진창인 오크의 노래를 들으면서, 우리는 걸었다.

스로부, 스로부, 오크들이 꿀꿀꿀 소란을 떤다. 아무래도 오크들 사이에 완전히 내 이름이 결정된 모양이네~. 이상한 발음으로 불릴 때마다 웃음이 터질 것 같다.

"야 부히타. 궁금해서 그러는데 어째서 다들 이상한 걸 달고 있어?"

나는 결심하고서 물어봤다. 사실은 아까부터 계속 궁금했단 말이지.

왕관을 쓰고 있는 부히타도 그렇고, 다른 오크도 여러 가지 장식품을 몸에 달아 꾸미고 있었다.

내가 알고 있는 몬스터는 이런 의미 없는 짓을 안 할 텐데…….

"스로부, 용케 깨달았다꿀! 사실은──."

"──차별화야."

맑은 여성의 목소리.

얼빠진 오크와 다른, 분명한 지성이 느껴지는 누군가의 말이다.

"조금이지만 평온한 생활을 손에 넣었으니까, 이 녀석들이 놀기 시작한 거야."

돌아봤더니 샬롯도 두리번거리며 목소리의 주인을 찾고 있었다.

통통 어깨를 두드리길래 옆을 보자, 손수 어설프게 만들었다는 느낌이 가득한 왕관을 쓴 오크 킹 부히타가 왼손으로 상공을 가리키고 있었다.

파란 캔버스와 하얀 구름밖에 안 보이는 하늘에 누가 있는 걸까?

나는 부히타가 가리키는 하늘을 올려다보았다.

"얘기는 들었어. 너, 오크인데 마법을 쓸 수 있다며?"

"헤에, 그쪽에서 왔구나."

등에는 예쁜 날개를 가졌다.

장난을 좋아하고, 몬스터에게는 드물게 마력을 가지고 태어나는 이단의 종.

대륙의 북방에 존재하는 깊은 안개에 휩싸인 가시장미의 숲에서만 태어난다고 하며, 몸 어딘가에 예쁜 꽃을 달고 있기 때문에 꽃의 요정이라고도 한다.

"내 소개, 필요해?"

아아—— 운명을 느끼지 않을 수가 없군.

언제나, 아리땁고, 매혹적이다.

가엾은 북방 몬스터들의 미래를 누구보다도 생각하고.

힘없는 픽시의 몸으로, 이 나라를 통치하는 상냥한 요정.

"스로부! 저게————."

"······알고 있어, 부히타."

"에에?! 스로부는 아는 게 많다꿀! 역시 스로부는 지적인 오크다꾸울!"

"물러나, 부히타. 그쪽 오크한테 물어볼 게 있어."

"에어리스 님! 이 녀석은 스로부, 오크 마법사다꾸울!"

상공에서 천천히 내려오는 그녀가 누구인지 나는 알고 있었다.

머릿속에 화이트 성에서 슈야와 알리시아를 구하기 위해 목숨을 던진 그 순간이 플래시백.

바늘처럼 날카롭게 나를 꿰뚫어 보는 시선을 정면으로 받아냈다.

이렇게 나는 너무나도 맥없이.

죽을 운명의── 너와 대면할 수 있었다.

파닥파닥 날갯짓하며 내려온 픽시는 옅은 금발에 살짝 야무진 느낌의 눈매가 진지한 분위기다. 깐깐해 보이는 표정을 짓고 있지만······ 코스프레한 인간 누나로밖에 보이지 않는 그녀가 바로 고지식 반장이다!

아니, 옅은 금발의 픽시, 에어리스였다.

숲의 요정이라고 불리는 픽시들은 순진하고 앳된 얼굴인데, 파렴치한 옷을 입고 있다. 그것이 직접적인 이유인지는 모르겠지만, 그런 픽시 종족은 몬스터 오타쿠들 사이에서는 서큐버스와 쌍벽을 이룰 정도로 인기가 있다!

에어리스가 부히타를 못 말리겠다는 기색으로 바라보고, 내 뒤에서는 샬롯이 흥미진진하게 에어리스를 올려다보았다.

"그 오크 킹은 입만 열었다 하면 끝이 없으니까 무시하겠어……. 그래서 아까 얘기 말인데, 이 녀석들이 사는 오크 마을은 인간의 문화에 흥미를 가진 별난 오크 킹이 나타난 탓에 개성적인 오크가 늘어났어. 한쪽 발에만 양말을 신어서 자기다움을 연출하는 오크도 나타났지."

"한쪽 양말 오크는 부히히히타가 생각한 지고의 멋내기다꾸울! 참고로 부히타는 오크 킹이니까 왕관이다꾸울! 임금님이다꾸울! 아, 그래서 에어리스 님! 이 스로부는 아까 위력이 굉장한 마법으로 커다란 도마뱀을 해치웠다꾸울!"

"그래. 그거야. 스로부라고 했지? 대체 어떻게 된 거야? 마법을 쓰는 오크는 들어본 적이 없는데."

땅에 내려선 픽시가 나와 마주 보았다.

키는 오크 모습인 나보다도 작다.

기본적으로 몸집이 작은 픽시 중에서는 평균적인 크기다. 그건 그렇고 과연 픽시. 놀랄 정도로 예쁘며 단정한 얼굴에다, 좋은 냄새까지 난다. ……만져 보고 싶다아.

"몇 가지 물어보고 싶은 게 있는데, 그 지팡이는 어디서 얻었어?"

"이건 아버지인 부 부우한테서 물려받았어."

에어리스가 움찔움찔 떨리는 관자놀이 부근을 눌렀다.

"오크의 이름 센스만큼은 정말로 이해할 수가 없어……. 그러니까, 그래서, 어째서 너희는 이 나라에 온 거야?"

나는 간결하게 전달했다.

다리스도 모험가가 늘어나서 살아가는 게 힘들어졌다. 휴잭으로 오면 북방의 강한 몬스터가 지켜준다는 소문을 들었다.

그리고—— 예쁘다고 유명한 화이트 성을 구경하러 왔다. 중간까지는 고개를 끄덕끄덕하며 듣고 있던 에어리스가, 화이트 성이라고 말한 순간에 태도를 바꾸었다.

"거기 다가가는 건 관두도록 해. 이상한 인간이 나타나서 이상하게 흉흉하니까. 다가가기만 해도 살해당할 거야. 나도 거기에는 섣불리 다가갈 수가 없어."

그렇군, 역시 애니메이션이랑 똑같구나.

에어리스의 위광은 화이트 성까지는 닿지 않는다.

그렇지만 나는 알고 있다. 에어리스가 루니와 싸우기 위해 화이트 성에 있는 몬스터를 동료로 삼고자 하는 것을. 루니도 화이트 성을 남방 통일의 징검다리로 인식하여 화이트 성 주변에 사는 몬스터를 끌어들이고, 어마어마한 다툼이 발발한다.

"에어리스 님. 나는 그 녀석들을 동료로 하는 거 반대다꿀."

"그런 말할 상황이 아니잖아, 부히타. 이쪽은 수는 많지만, 질은 그쪽이 좋으니까. 그들이 순순히 동료가 되어 준다면,

그 인간도……. ──그래서, 스로부. 너희가 부히타랑 같이 있다는 건 오크 마을로 갈 셈이야?"

"그렇지꿀, 에어리스 님! 스로부는 우리 마을의 일원이 된다꿀!"

"마음 든든하네──. 그리고, 궁금해서 그러는데 거기 있는 애는 픽시지?"

"에어리스 님! 샬롯은 스로부의 연인이다꾸울! 그러니까 그런 거다꾸울!"

"──어?"

아까부터 샬롯을 힐끔거리며 신경 쓰던 에어리스는 부히타의 말에 엄청나게 당황했다. 만화라면 콰앙하는 효과음이 붙을 정도로 몸도 확 뒤로 젖히면서 놀랐다.

"그, 그거 정말이야?!"

"앗, 네?"

샬롯이 반사적으로 대답했다.

에어리스는 샬롯 앞에 서서 진심이야? 오크가 어디가 좋아? 어째서 픽시인데 옷 입고 있어? 오크잖아, 오크. 등등 제멋대로 말하고 있는데……. 아아, 그 반응은 어쩐지 나까지 상처받는데.

"샬롯, 나중에 잔뜩 이야기해 보자. 가출 소녀 이야기를 듣는 것도 내가 할 일이니까."

숲의 요정이라고도 하는 픽시는 그 귀여움 때문에 사랑의 큐

피드 등 갖가지 별명이 있는 몬스터다. 샬롯을 추궁하는 모습은 휴잭의 보스라는 위엄 따위 요만큼도 없다! 그저 연애 가십을 좋아하는 싱글벙글 요정으로만 보였다.

"스로부! 이게 우리 마을이다꿀!"

참으로 아마추어 감각이 넘치는 느낌이 나무 울타리가 오크 마을을 빙 둘러싸고 있었다.

입구는 초원으로 이어져 있다. 마을 반대쪽은 숲속으로 이어지는 거겠지. 울타리 바깥에서도 보이는 장소에 뭔지 모를 거대한 뼈나 날개가 세워져 있는 잡다한 입구가 있었다.

인간이 버린 마을을 재건하고 나무들을 베어서 넓힌 거겠지. 마을 안에는 돌을 쌓아 만든 네모난 집이 여기저기 있고, 시끌시끌 꿀꿀꿀 시끌시끌 꿀꿀꿀 소란스러운 소리를 내면서 오크들이 마을 안을 돌아다니는 중이었다. 수많은 오크가 영차영차 목재를 옮기거나, 요리를 하거나, 어린 오크가 뛰어다니는 등 북적북적한 마을의 활기가 전해진다.

아, 아까 쓰러뜨린 커다란 도마뱀을 꿀꿀꿀꿀 마을 안으로 옮기고 있다.

"스로부! 오크 마을에는 전속 요리사가 있다꾸울."

"잘 들어, 샬롯. 가시장미의 숲에서 가출하는 건 자기 마음이지만, 남방까지 가다니…… 대체 어떤 수를 쓴 거야? 무서운 일은 안 겪었어?"

멍청하다고 생각되는 오크가 철커덕 문을 열고서 집에 출입하는 모습은 어쩐지 초현실적이군. ……아, 문 망가졌다. 오크는 힘이 강하니까 힘 조절이 어려운 거구나, 어쩔 수 없지. 그건 그렇고 몬스터가 생활하는 마을을 보는 건 첫 경험이다. 샬롯도 나랑 마찬가지 심정인지 흥미진진하게 두리번거리며 오크 마을을 둘러보고 있었다.

"스로부한테는 집을 선물한다꿀! 샬롯이랑 같은 집이 좋나꿀?"

"샬롯, 알겠지? 나도 말야. 인간이 모두 적이라고 말하지는 않을게. 하지만 픽시는 과거에 인간의 구경거리가 돼서, 엄청 고생했었다는 거 너도 알고 있지? ……잠깐, 샬롯. 오크랑 같은 집에서 생활하겠다니 진심이야?! 픽시가 그래도 되겠어?!"

아아, 그래.

인정하자, 내 마음은 환희로 떨리고 있었다.

이 장소는 애니메이션에서 슈야와 알리시아가 머무른 무대이며, 나도 거기 있었다.

시기는 이르지만, 우리가 휴잭에서 그 녀석들의 역할을 하게 되는 것이다.

"꾸꿀~. 이상한 고양이가 쫓아온다꾸꿀~."

사람이 감상에 빠져 있는데 말이야……. 대정령 씨가 곧장 어린 오크를 쫓아다니며 놀고 있었다. 저 녀석은 정말로 자유롭군…….

수많은 오크가 있으니까 뭔가 특징이 없으면 샬롯도 누가 나인지 알 수 없지 않을까 생각했지만, 이 마을의 오크는 에어리스가 말한 것처럼 천차만별이었다. 한쪽 발에만 신발을 신은 오크가 있거나, 머리에 나뭇잎을 올린 오크가 있거나, 나뭇가지를 입에 물고 멋을 부리는 오크가 있거나. 너는 무슨 검사냐고 만죽을 걸고 싶어지네.

"스로부! 지금 우리 마을은 전대미문의 위기에 처했다꿀. 자기를 상대하던 인간이 사라진 악마는…… 요즘 몬스터를 죽이면서 놀고 있다꿀. 인간 다음에는 우리를 습격할 차례 같아서, 언젠가는 이 마을에도 오는 게 아닐까 해서……."

"잘 들어, 샬롯. 지금 부히타가 말한 것처럼, 지금 이 나라에도 위험한 인간이 어슬렁거리고 있어. 응? 다리스나 서키스타 쪽 병사도, 모험가도 아냐. 그 녀석들은 전혀 위험할 것 없어. 휴잭을 휘젓는 인간 따위는 조금 겁만 줘도 나라에서 도망치니까. 하지만, 샬롯. 이번 인간은 달라."

과거의 휴잭은 일탈한 모험가들이 제멋대로 굴 수 있는 환경이었다. 특히 제네라우스의 모험가들을 상대하는 데 애를 먹었다고 에어리스는 말했다. 그런데, 그런 모험가보다도 위험하다고 하는 남자. 그 녀석이 내가 타도해야 할 적이다.

"따, 딱히 너를 겁주려는 건 아닌데? 하지만…… 그렇잖아도, 픽시는 돈이 된다고 모험가들이 눈독을 들이니까……. 조심해서 나쁠 건 없어."

그 유명한 블루 라이트의 가족.

샬롯은 에어리스의 이야기에 집중하면서, 신기하게도 에어리스에게는 공포를 느끼지 않는 것처럼 보였다.

"야…… 부히타, 이 냄새는 설마."

어쩐지 고기를 굽는 좋은 냄새.

나는 얼마 전까지 제멋대로 칠흑 돼지 공작이었다! 설령 외모가 변했어도 그동안 쌓인 경험과 기능은 이어받고 있었다.

그러니까, 무슨 말을 하고 싶은가 하면, 식사 냄새에는 몹~시 민감하단 거지.

"맛나! 이거 맛난다!"

못생긴 나무 머그잔에 넘실거리도록 따른 물에 입을 대고서, 나는 고기에 달려들었다.

야외 교실마냥 나무 탁상과 의자가 놓인 구역, 그곳이 오크 마을의 식사 장소였다. 김이 피어오르는 따뜻한 요리. 고기나 들풀이 나무 그릇 위에 산더미처럼 담겨 있고, 요리를 본 샬롯이 감탄한 기색으로 고개를 끄덕였다. 아무 말 안 하는 걸 보니 제대로 된 먹을 수 있는 풀인가 보다. 내가 지금 먹고 있는 건 아까 처치한 어택 리자드의 고기였다.

그런데, 정말로 식사란 건 좋은 거야.

에너지가 오장육부에 퍼져 나가고, 몸에 활력을 퍼트린다.

"우리도 밥 먹고싶다꿀~. 치사하다꿀."

"저렇게 물을 마셔도, 되는 건가꿀. 귀중하잖아, 꿀."

사실은 아직 식사 시간이 아닌지, 다른 오크들이 부러운 기색으로 우리를 보고 있었다. 그렇지만 내가 오크 마법사라는 이야기는 순식간에 오크 마을에 퍼졌다. 거대한 도마뱀도 내가 처치했다는 소문이 퍼지자 그러면 어쩔 수 없네꿀~ 하면서 다른 오크들이 납득한 모양이다. 오크는 참 단순하군.

"부히타, 물이 귀중해?"

"요즘에 우리가 물을 긷는 호수에 커다란 뱀이 살기 시작해서, 물이 점점 지저분해지니까 멀리 있는 연못까지 물을 길으러 가게 됐다꾸울. 하지만 스로부는 할아버지들 따위 신경 안 써도 된다꿀."

허~어, 그렇군.

오크 마을 녀석들은 곤란한가 보다.

정보 수집을 위해서도 얼른 신뢰를 모으고 싶으니, 이번에 힘을 좀 써야겠군. 그리고 나 개인적으로도 물은 사활이 걸린 문제. 그러니까 단숨에 점심을 먹어 치우고 일어섰다.

"──부히타. 나를 그 호수까지 데려다줘."

●

북방에서는 마왕이라고 불리는 여동생의 반대를 무릅쓰고, 이 땅으로 찾아왔다.

강한 힘이 없어도, 그냥 픽시라도 평화로운 몬스터의 세계를 만들 수 있다는 걸 증명하고 싶었다.

그 뒤로, 벌써 몇 년이 지났을까?

"그 이글도 무리였다꿀. 오크 마법사가 해결할 수 있을 리 없다꿀."

"결국, 에어리스 님. 아무 도움이 안됐다꿀."

언젠가, 이런 때가 올 거라고 생각했다.

감당할 수 없는 몬스터가 나타나, 자신의 무력함이 드러난다. 이 몸은 북쪽에 있는 그 애랑은 달리 힘이 없고, 바람을 조금 잘 다룰 뿐인 픽시다.

한 번 깔보이면, 그걸로 끝이다.

"어이, 그런 말 하지마라꿀. 에어리스 님이 슬퍼한다꿀."

"틀린 말 아니다꿀. 역시 에어리스 님은 마왕님하고는 다르다꿀. 마왕님이라면 순식간이다꿀."

호수의 물 깊숙한 곳에 자리한 히드라는 에어리스도 줄곧 속을 썩이고 있었다.

깔끔하게 해결하여 휴잭의 리더로 인정받고 싶다. 그런 생각도 있지만, 물 문제를 해결하면 오크 마을에 지금 이상의 몬스터를 이주시키는 것도 가능하다. 다가올 악마와의 결전에 대비하여, 에어리스는 되도록 많은 몬스터를 오크 마을에 모으고 싶었다.

그러나 히드라는 며칠에 한 번밖에 물속에서 나오지 않고,

토벌을 하고자 해도 물속을 공격할 수단이 없어서 고생하고 있었다.

그렇지만, 그는—— 오크 마법사는 별것도 아니란 듯 자기한테 맡기라고 말했다.

실속 없는 큰소리라며 잘라 말할 수 없다. 이미 그는 오크 킹도 고전하는 몬스터 하나를 가볍게 해치웠으니까.

오크 마법사가 서 있는 앞에는 지금 끝없는 수면이 펼쳐지고 있었다.

"……스로부, 뭘 할 셈이야?"

"일을 할 거면 마무리를 확실히 지어야지. 다들 물러나 줘."

그 말에 따라서 에어리스와 오크들이 물러난 것을 확인하더니, 오크 마법사가 지팡이를 휘둘렀다.

그저, 그것뿐.

그러나, 에어리스는 수중에 있는 거대한 히드라의 분노를 직감했다.

"스로부, 너! 무슨 짓을——."

"자, 얼른 나와라."

한 동작으로 수면에서 물기둥이 몇 개나 솟아오르고, 에어리스는 바람의 결계를 전개했다.

수중에 숨어 있는 히드라의 공격이라는 걸 깨달았다. 아마도 오크 마법사 스로부가 수중에서 뭔가를, 히드라의 기분이 틀어지는 무언가를 해서—— 분노를 산 것이다.

똬리를 튼 커다란 뱀이 수면에서 머리를 내밀었지만, 이쪽에는 자신의 호위인 이글도 없었다. 에어리스는 처참한 미래가 보였다.

다음 순간에는, 생각한 그대로.

의사를 가진 물이 물가에 선 오크와 에어리스, 오크 마법사인 그를 향해 날아왔다.

아무도 움직일 수 없었다.

그저 오크 마법사만 이걸로 끝이라는 듯 지팡이를 넣었다. 에어리스는 냉기를 느꼈다.

그리고 그녀는 보았다.

호수가 얼어 있었다.

호수가 믿을 수 없는 속도로 얼음이 됐고, 에어리스가 상상한 미래는 오지 않았다.

저 너머에는 거대한 뱀의 조각이 생기고—— 오크 마법사와 눈이 마주쳤다.

수많은 오크들이 흥분해서 절규하는 가운데, 그는.

"——악마랑 싸울 거잖아. 히드라한테 고전해서는 아무것도 못해."

"……스로부. 너, 정체가 뭐야……?"

그리고, 오크 마법사는 지나가면서, 그녀에게만 들리도록 살며시 속삭였다.

"난 말이야, 에어리스—— 악마를 쓰러뜨리러 온 오크 마법

사야."

이렇게.

북쪽의 왕, 블루 라이트의 가족이자 특별한 취급을 받는 픽시는.

세상에 둘도 없는 기묘한 오크 마법사와 만났다.

●

문을 단단히 닫아도, 아직도 그 바보 같은 소동이 들린다.

저 녀석들, 히드라 타도를 축하하는 연회를 언제까지 계속할 셈이지? 나는 이제 한계다.

나는 마을의 식수 문제를 해결한 구세주로서, 연회의 중심에 앉아서 오크들의 개인기나 엉터리 노래 같은 걸 계속 듣다가 조금 전에야 간신히 해방됐다.

"다녀왔어, 샬롯⋯⋯."

"어서 오세요, 스로우 님. 엄청 대환영을 받았네요."

"환영⋯⋯을 받은 건가? 저 녀석들은 계속 소란만 피워서 알 수가 없어. 하지만 이 마을, 밤에 너무 어둡지 않아? 내 얼굴이 보이는지도 의심스러운데."

"⋯⋯정말로 오크는, 악마라고 불리는 사람을 무서워하는 거예요. 하지만, 그 악마가 마르코 씨를 공격한 걸까요⋯⋯?"

"아마도. 그리고 저 정도로 소란을 피우면 아무리 불을 안 써도 악마를 자극할 것 같은데."

휴잭을 찾아온 악마.

이 마을의 오크들은 놈을 자극하지 않도록, 밤에는 되도록 불을 쓰지 않는다고 했다.

에어리스의 말에 따르면 그녀의 부하가 악마를 감시하고 있었다. 현재는 멀리 있으니까 공격받을 걱정은 없다고 했는데, 오크들은 고작해야 인간 하나를 이상하게 무서워하고 있었다. 그것은 오늘 하루 같이 지내기만 해도 잘 알 수 있었다.

"뭐, 오늘은 악마에 더해서 문제였던 식수 문제가 해결됐으니까 풀어진 거겠지. 덕분에 제대로 된 집을 준 것에 감사하자."

"……정말로 다행이에요. 저, 휴잭에서는 최악의 경우 노숙도 각오하고 있었으니까요."

저들은 우리에게 마을 변두리에 있는 낡은 집을 줬다. 그리고 나보다 먼저 연회에서 해방된 샬롯은 집의 청소를 하고 있었던 모양이다.

"그보다도 샬롯은 에어리스랑 계속 붙어 있었던 것 같은데, 무슨 이야기 했어?"

"저기…… 에어리스 씨는 저를 가출 픽시라고 생각하나 봐요. 그래서 말을 맞추느라 힘들었어요."

내가 오크들에게 붙잡혀 있었던 것처럼, 샬롯은 오늘 하루 에어리스에게 붙들려 있었다. 픽시가 서식하는 가시장미의 숲에서 대륙 남방으로 가출했다고 착각을 해서 상당히 걱정을 하고 있는 모양이다.

실제로 지금까지 어떻게 생활을 했는지, 이것저것 캐물었다고 한다.

"그래서, 화이트 성은?"

"거기는 휴작에서도 한층 강력한 몬스터가 점령하고 있어서, 에어리스 씨도 다가갈 수가 없다고 했어요……."

샬롯이 살고 있던 성은 숲속에 서 있는 휴작의 중심부.

그 부근은 영역 의식이 강한 몬스터의 소굴이라서, 우리가 화이트 성에 다가가기 위해서는 에어리스의 협력이 꼭 필요하다. 그렇지만 에어리스는 악마와 싸우기 위해서 화이트 성의 몬스터와 손을 잡으려 하고 있으니, 그때 동행하면 매끄럽게 화이트 성에 다가갈 수 있을 거야.

"하지만, 에어리스 씨 곁에 있으면 기회가 있다는 걸 알았으니까…… 노력할 수 있어요. 그리고, 스로우 님은 자세한 이야기를 들었나요?"

"연회 자리에서 오크들한테 들었어. 요즘 휴작에서 몬스터를 마구 살육하는 괴상한 인간이 있다고. 아마 그 녀석이 마르코의 부대를 전멸시킨 남자일 거야. 이야기를 들어 보니, 정상이 아냐."

"위험하니까 에어리스 씨의 호위, 날개를 가진 몬스터가 하늘에서 언제나 감시하고 있다고 했어요. 하지만 빛을 빼앗는다는 건 어떤 의미일까요?"

"아마, 어둠의 마법이겠지. 그보다 샬롯은 에어리스가 안 무섭구나."

"지금은 무서워할 때가 아니니까요. 얼른 화이트 성에 돌아가서 찾고 싶은 것도 잔뜩 있고……. 아, 그러고 보니 에어리스 씨는 내일부터 오크 마을 부근의 촌락에 간다고 했어요. 악마와 싸우려면 모두의 힘이 필요하니까, 이 마을에 모이라고 말하러 간대요."

"그러고 보니 부히타── 그 오크 킹도 비슷한 말을 했어. 단결해서 악마를 쓰러뜨린다고."

"……그래서, 저기. 에어리스 씨는 내일 이후에도 저한테 이것저것 가르쳐 준다고 해서, 그래서 저는 내일부터는 에어리스 씨랑 같이 행동하려고 해요. 대정령님도 함께지만 되도록 조심할게요."

"나도 안전하게 화이트 성에 가려면 에어리스의 신뢰를 얻는 게 제일이라고 생각해."

픽시는 본래 싸움을 잘하는 몬스터가 아니다.

그래서 에어리스 주위에는 언제나 몇 마리의 강력한 몬스터가 호위로 붙어 있다. 그런 픽시를 휴잭의 몬스터들이 따르고 있다. 이 오크 마을에 수많은 몬스터가 모인 것도, 에어리스가 이렇게 자주 들르는 것이 커다란 이유 중 하나일 것이다.

"샬롯…… 네 비밀을 계속 입 다물고 있었던 거 말인데."

그리고, 저거군.

샬롯이랑, 생각보다 평범하게 대화할 수 있다.

혹시…… 이제 화 풀렸나? 라고 생각한 것이 안 좋았다.

"스로우 님. 저 지금은 화이트 성에 돌아가는 것 말고는 아무것도 생각할 수가 없어요……. 이 모습으로 에어리스 씨를 속이는 것 같아서, 조금 찔리긴 하지만요……. 여기에 언제까지 있을 수 있는 건지도 알 수 없고요."

"……미안. 샬롯 말이 맞아. 지금 할 얘기가 아니었네."

——루니를 쓰러뜨리고, 미래를 바꾼다.

그것이 지금 나에게 무엇보다도 우선 사항이다. 당연히 샬롯도 목적이 있어서 휴잭에 왔다.

나하고의 관계는 고향의 무게와 비교하면 벌레나 마찬가지다. 아니, 물벼룩이다.

"나도 여기서 할 일이 있어. 휴잭에 있을 수 있는 시간은 짧으니까, 서로의 목적에 각자 전력을 다해서——."

"오늘 밤은 아침까지 떠든다꿀~!"

"꿀! 오크의 시대가, 왔다꿀~!"

"바깥의 오크들, 시끄럽구만……."

하지만, 정말이지. 분위기를 망치는 오크로군.

악마를 자극하지 않으려고 불을 안 쓴다꿀이라고 하고서는 저렇게 소란을 피워서는 의미가 없다고 생각하는데, 즐거워 보이니 그냥 놔두자.

그리고 지금은——.

적어도, 녀석들의 바보 같은 소동이 고마웠다.

이튿날 아침, 집 바깥으로 나오자 오크들의 시체를 발견했다.

땅바닥에 널브러져 있지만 진짜로 죽은 건 아니다.

술이 떡이 돼 의식을 잃은 모양이다. 오크들 말고 다른 몬스터도 연회에 참가했을 텐데 죽어 있는 건 대부분 오크다. 드르렁 드르렁 코를 골면서 잔다. ……쉽게 우쭐거리는 오크의 성질이 잘 나타나네. 이 녀석들이 내가 인간이라는 걸 알면 어떤 반응을 보일까? 뜻밖에 신경 안 쓸지도…… 아니, 그렇지야 않겠지. 아무리 오크라도…….

"어이쿠, 위험해라."

오크 시체를 밟지 않도록 마을을 걸었다.

어제는 이야기가 훌훌 진행됐다. 설마 첫날에 오크 마을에 올 수 있을 줄은 몰랐어.

애니메이션에서는 슈야와 알리시아가 머무른 오크 마을.

그걸 의식하자, 자신이 이세계에 와 버렸다는 사실을 실감할 수 있다.

"——스로부. 일찍 일어났구나. 샬롯은 아직 집에 있어?"

환상적인 아름다움 탓에 감상용으로 남획되어 남쪽에서는 완전히 보기 어려워진 몬스터.

하지만, 마침 잘됐다.

에어리스랑 이것저것 하고 싶은 얘기가 있었는데, 어제는 동족인 샬롯에게 열중하고 있었으니까.

"아아, 아직 자고 있어."

"그래. 걔는 이렇게 몬스터가 있는 장소는 처음이라고 했으니까, 어제 연회로 지친 걸지도 모르겠네."

에어리스의 추측은 아마도 맞았다.

샬롯은 애당초 몬스터에게 좋은 마음을 못 가졌다.

가질 수 있을 리 없다.

몬스터에게 고향이 멸망당했으니까. 하지만 픽시 특유의 귀여움이 빼어난 외모 덕도 있고, 화이트 성에 가기 위해서는 사이 좋게 지낼 필요가 있으니까 에어리스에게는 적극적으로 다가서려고 한다.

"그렇네……. 지쳤을지도 몰라. 그래서는 아니지만, 혹시 오크나 다른 몬스터가 샬롯에게 말을 걸어서 이상한 반응을 보여도 용서해 줘."

"후훗. 이상한 반응이란 건 뭐야?"

오늘 아침, 샬롯이 수많은 몬스터에게 어떻게 반응할까?

어젯밤에는 그렇게 말했지만, 하룻밤 지나 현실로 돌아온 그녀가 어떻게 생각할지 알 수가 없었다.

나는 이번이 샬롯에게 중요한 시기라고 생각한다.

"어제 모습을 보고 든 생각인데, 스로부는 오크인데도 분위기에 안 휩쓸리네?"

"그래?"

"오크는 그때그때 기분에 따라 살아가는 찰나적인 몬스터잖아. 하지만 스로부는 어제 연회에서도 중간에 빠져나가길래 희한하다고 생각했어."

그야 나는 인간이니까.

"있지, 나 샬롯에 대해서 물어보고 싶은 게 있는데, 괜찮아?"

"……괜찮아."

"스로부, 그 애랑 어디서 만났어? 그 애는 다리스에서 만났다고 했는데, 그건 불가능해. 남쪽 환경에서 인간에게 발견되지 않고서 오래 살 수 있는 픽시라니…… 상상도 안 가."

귀여운 얼굴로 인기를 모으는 몬스터. 생각에 잠긴 그 모습도 어쩐지 어리광부리듯 귀엽고, 보고 있으면 어째선가 볼이 자연스럽게 느슨해진다. 에어리스도 의식해서 그러는 건 아니겠지만, 아무래도 에어리스의 부탁을 거절할 생각이 안 들었다.

아마, 내가 애니메이션에서 그녀의 행동에 호감을 품은 것도 이유겠지만…….

그래서, 되도록 에어리스가 그렇게 되는 미래가 오지 않도록 바랄 따름이다.

"있잖아, 스로부. 내가 하고 싶은 말은, 그 애가 여기에 있는 한 되도록 내가 보살펴 주겠다는 거야."

에어리스랑 함께 행동한다.

그건 어제 샬롯에게 들은 말이다.

나도 반대할 이유는 없다. 그러나, 일단은 물어봐야지.

"어째서?"

"동족이니까, 그게 제일 큰 이유야. 하지만 그것만이 아니야. 그 애는 날 수가 없다잖아. 그리고 바람의 마법도 못 써. 그런 애는 금방 장래가 없다고 판단돼서 버려지거든. 그래서 그렇게 성장한 애는 처음 봤어."

이야, 뭐 샬롯도 인간이니까.

······우우, 속이는 것 같아서 마음에 걸리지만, 지금은 감이 날카로운 에어리스마저도 샬롯이 인간이라고는 일절 의문을 가지지 않은 모양이다.

"그래서, 고마워. 그 애랑 같은 픽시로서 감사할게."

"고마워? 왜?"

"오크랑 픽시 2인조는 들어본 적이 없지만······. 그 애는 스로부를 상당히 따르는 모양이거든. 너랑 같이 있을 수 있어서 그 애는 행복했을 거야──. 아, 샬롯!"

눈을 삭삭 비비면서, 샬롯이 집안에서 나왔다.

술로 죽어 있는 오크들을 보고 놀란 모양이지만, 그 녀석들을 재주 좋게 피하면서 우리 쪽으로 왔다. 반쯤 의식을 잃은 것 같은 바람의 대정령 씨를 안고서.

아무래도 내 걱정은 기우였나 보군.

"스로부! 잠깐 이리 와 줘꿀~! 어제 소개 못했던 모두에게 스로부를 소개한다꿀~. 일단 골렘인 고레무 씨한테 간다꿀!"

"부히타가 날 찾으니까 가 볼게, 에어리스. 샬롯을 잘 부탁해."

"그래, 맡겨 둬."

그렇게 말하더니, 에어리스의 눈가가 느슨해졌다.

그리고 자신의 미래를 아무것도 모르는 에어리스는 픽시답게 땅바닥을 차고 가볍게 떠올라서, 샬롯의 눈앞에 내려섰다.

에어리스와 부히타는 서로의 인맥, 아니 몬스터맥을 사용해 이종족의 몬스터를 마을로 끌어들이고자 활동하고 있었다. 처음 만났을 때 부히타가 오크 마을이 굉장한 기세로 발전한다고 한 것은 정말인 모양이군.

"다 함께 일치단결하지 않으면 악마한테 못 이긴다꿀! 오크 마법사도 있다꿀! 그 히드라를 해치운 마법사다꿀! ——권유 성공! 그럼 다음으로 간다꾸울, 스로부!"

그러나 내 상식으로도 이종족의 몬스터가 한 곳에 모여 생활한다는 건 들어본 적이 없다. 그만큼 악마의 두려움이 휴잭에 숨어 사는 몬스터에게 퍼진 거겠지. 그리고 한번 눈에 띄면 자신들의 힘으로는 저항할 수 없다는 걸 잘 이해하고 있었다.

"어~이, 전처럼 호수에 돌아와라꿀~."

"부히타, 너 연못에 대고 뭐라 하는 거야?"

"여기에는 운디네, 물의 요정이 있다꿀. 하지만 히드라한테 살 곳을 빼앗겨서 이사해 버렸다꿀."

"아아, 운디네를 밖으로 부르고 싶으면 이렇게 부르면 한 방이야. 그러니까――."

생활도 문화도 다른 종족의 몬스터가 한 마을에 모인다.

싸움도 자주 일어나지만, 부히타가 사이에서 중재하는 모양이다.

그리고, 이렇게 매일매일 돌아다니다 보니 재미있는 사태가 많이 있었다. 강에 빠진 골렘을 바람의 마법으로 구하거나, 일광욕을 너무 해서 말라 버린 슬라임을 물의 마법으로 구하는 등.

그러고 있으니, 얼마 전까지 크루슈 마법학원에서 사람들이 곤란할 때 마법을 써서 해결하곤 했던 그 시기를 떠올렸다. 마법으로 손이 트는 걸 고쳐 주거나, 부서진 마법 세공을 수복하거나……. 샬롯이랑 둘이서 내 악평을 만회하기 위해서 노력한 시기가 있었다.

"굉장해, 정말로 틀어박힌 운디네가 나왔다꾸울!"

"부히타. 사실 내 지식은 보통이 아니거든."

그러나, 지금쯤 다리스에 있는 애들은 어쩌고 있을까?

학생들 중에서 학원의 재건을 돕는 사람이 있을까? 돈이 상당히 나온다고 들었는데, 특히 흙의 마법은 공사에 도움이 된

단 말이지. 아, 티나는 돕고 있을지도. 로코모코 선생님은 재건 계획의 책임자 중 한 명이라고 들었으니 바쁜 나날을 보내고 있겠지. 비젼은 집으로 돌아갔을 거야. 그 녀석은 누가 뭐래도 가족을 소중히 여기니까.

하지만, 역시 가장 신경 쓰이는 건 그 녀석들이군.

"발견했다아아아, 소문의 오크 마법사! 힐을 좀 걸어줘쿠오오오오!"

"오크 마법사의 평판이 굉장하다꿀! 힐을 걸어달라는 몬스터가 잔뜩 왔다꿀!"

"……진짜? 아니, 그보다도 어디서 그런 소문이 도는 거야?"

슈야랑 알리시아 두 사람이다.

애니메이션의 줄거리에서는, 두 사람이 장기 휴가를 이용해서 자유연방의 제네라우스로 간다.

그리고 지름길로 가기 위해 슈야는 휴잭 횡단을 몰래 계획하고, 실행에 옮긴다.

그렇지만 실제로 이 자리에 와 보고 알았다.

슈야, 지금 휴잭은 너무 위험하다. 오지 마라, 부탁이니까 오지 마.

휴잭을 가로질러 제네라우스로 가는 건 죽고 싶어 안달이 난 걸로밖에 안 보이니까.

"오크 킹! 코볼트 일파가 그 악마에게 괴멸당했다고 한다꿀!

생존자가 오크 마을에 넣어 달라고 한다꿀."

"언제나 다투지만, 곤란할 때는 돕는다꿀. 알았다꿀. 새로운 집을 만든다꿀. 골렘 녀석들을 부른다꾸울!"

정말로 점점 모여드네. 그리고 모여든 몬스터 중 태반은 마을이 마음에 들어서 정착을 결단한다.

오크 마을은 시간의 흐름도 느긋하고, 여기 있는 몬스터는 얌전하다.

가혹한 대륙 북방을 살아온 몬스터에게 이 땅은 외적이 적은 낙원이겠지만…… 그래도, 이상하다.

이 마을에 모인 몬스터, 명백하게 애니메이션보다 많지 않아?

아니, 오크 마을에 몬스터가 모이는 건 오히려 고맙다.

나는 루니와 싸울 때, 절대로 그런 강적이랑 1대1로 싸우고 싶지 않으니까.

적어도 수많은 몬스터가 주위에서 루니를 압박해 주면, 마침 딱 좋다고 할 수도 있기는 한데…….

"……어이, 부히타. 오늘은 충분히 노력했잖아. 이제 그만 돌아가지 않을래?"

"아직이다꿀! 오늘은 끝까지 간다꿀!"

이래서는 오늘도 심야에 돌아가겠군.

하아……. 오늘도 샬롯이랑 이야기할 시간이 없겠어.

에어리스는 본인이 선언한 대로 샬롯을 여기저기 데리고 다니는 모양이라, 샬롯이랑 내가 마주치는 게 한밤중인 경우도 흔하다.

휴잭의 통치자 에어리스.

북쪽의 마왕이라고 불리는 여동생에게 휴잭을 통치하겠다고 나섰고, 에어리스는 주변의 반대를 뿌리치고 이곳에 찾아왔다. 블루 라이트가 하다못해 강건한 몬스터를 호위로 붙였고, 지금 에어리스는 오크 마을에 전력을 모으고자 획책 중이다. 그리고 오크 마을을 지키는 오크 킹도 에어리스의 의견에 찬동하고 있으니까 이야기는 빠르게 진행이 되고 있었다.

"……부히타. 하늘에 뭔가 보이는데, 저거 혹시…… 그리폰?"

"매의 눈. 저 녀석은 에어리스 님을 호위하는 몬스터다꿀."

과연. 저게 항상 악마를 감시하고 있나. 분명 이글^{이 글}이라고 불리는 몬스터다.

까다로워 보이는 표정으로, 하늘에서 한 점을 응시하고 있다. 설마 저런 곳에서 악마의 움직임을 완전히 파악하고 있는 건 아니겠지? 그러면 얼마나 시력이 좋단 애기야?

"스로부. 이글은 자존심이 세니까 너무 말을 안 거는 편이 좋다꿀. 저 녀석, 드래곤에게 무시당하고, 요전에는 악마한테 하늘에서 기습을 걸었다가 반격을 당해서, 계속 신경이 곤두서 있다꿀. 에어리스 님이랑 이야기하는 걸 보면, 오크 따위가 라면서 화낸다꿀……."

강력한 힘을 가진 몬스터에게 흔한, 오크 배척주의란 거군.

숫자만 쓸데없이 많고 약하다. 그것이 오크에 대한 일반적인 평가다. 가엾긴 하지만, 사실이니까 어쩔 수 없다.

"하지만 악마한테 공격? 분명히 지금 에어리스는 악마를 공격하는 걸 금지하지 않았어?"

"금지다꿀. 하지만, 저 녀석. 분명히 에어리스 님한테 멋있는 모습을 보여 주려고 한 게 틀림없다꿀."

"부히타 너…… 혹시, 저 그리폰을 놀렸어?"

"……."

"놀린 거냐……. 그야 화낼 만하네."

하지만 그렇군. 그리폰조차도, 루니의 상대가 못 됐군.

부히타에게 자세한 이야기를 들어 보니, 하늘에 있는 그리폰 이글은 한 번도 공격을 성공하지 못했다고 하는데……. 문제없다. 나는 녀석의 전투 방식을 알고 있고, 놈이 궁지에 몰렸을 때 무엇을 최우선으로 하는지도 알고 있다.

그러니까── 더욱 더.

놈을 몰아세우기 위해서, 더 오크 마을에 모여들어라. 휴잭의 몬스터.

●

그런 소년의 생각을 아는지 모르는지.

휴잭의 옛 왕녀님은 오늘도 지쳐서, 마을 변두리에 있는 낡

은 집의 문을 열었다. 문을 닫고서 한숨을 한 번. 어깨의 짐을 내려놓고 침대에 몸을 눕혔다. 눈앞에는 자그마한 바람의 대정령. 보디가드라는 일을 맡기고 있지만, 실제로 행동에 옮긴 적은 한 번도 없었다.

"샬롯. 오늘도 지쳤다냥."

"지쳤어요. 저, 파김치가 됐어요."

매일매일, 수많은 오크에게 둘러싸이고 몬스터와 함께 지내는 나날을 보내고 있었다.

무리도 아니다.

몬스터의 모습이 되어 휴잭으로 돌아올 수 있었다.

운 좋게 고향의 통치자라는 몬스터를 만나 정보를 얻었다. 상냥한 픽시는 샬롯이 알고 싶은 모든 것을 흔쾌히 가르쳐 주었다…….

조금씩, 이 생활에 익숙해지는 자신이 신기했다.

"대정령님은 여기 생활에 익숙해졌나요?"

"즐겁다냥. 오크 꼬맹이들 쫓아다니는 거, 즐겁다냥."

"……너무 태평해요."

이제는 스로우가 자신을 픽시로 만든 이유도 잘 알 수 있었다.

그러나, 요즘에는 보기 힘들다. 그가 밤늦게까지 오크 킹과 함께 완고한 몬스터를 설득하러 다니는 건 알고 있었다. 하지만 그녀와 달리 요즘 그는 오크의 모습이 되어서 상당히 즐거워 보였다.

인간인데 몬스터와 사이좋게 지내다니, 들켰을 때는 생각하지 않는 걸까?

"하아, 대정령님. 저를 화이트 성에 데려가 주세요. 대정령님이 조금 협력해 주면, 이런 고생 안 해도 되는데……."

"샬롯. 화이트 성에는, 이제 아무도 없다냥……."

"……알고, 있어요."

"그러면, 어째서 거기 가고 싶은 거냥?"

그러나, 이 애완동물은 언제나 이렇다.

옛날부터 곁에 있어 주지만 아무것도 해주지 않는다. 언제나 상대해 준 건 그다. 알고 있었다. 그녀는 그를 제일 고마워하니까.

하지만, 그렇기에. 좀 더 빨리, 그가 품고 있는 비밀을 가르쳐 줘도 좋았을 텐데.

"대정령님한테는…… 비밀이에요."

"쩨쩨하다냥."

샬롯은 침대에 누운 채 눈을 감았다.

말할 수 있는 것을 계속 숨기고 있던 친구에 대한 앙갚음이었다.

"……."

그날.

샬롯은 오랜만에 꿈을 꾸었다.

아무리 걸어도 사람이 안 보이는 지금과 달리, 행복했던 그 무렵의 기억.

아버지가 있고, 어머니가 있고, 아무런 불만도 없었다. 지금처럼 행복이란 무엇일까 생각한 적도 없었고 따뜻한 이불과 밥이 있었다.

벌써 몇 년이나 보지 못한 고향의 꿈은, 그녀에게 놀라울 정도로 그리움을 주었다.

행복했던 그 무렵이 오랜만에 떠오르자── 자연스레 볼이 느슨해졌다.

휴잭에 와서, 태어난 고향이 사라진 사실을 새삼 실감했지만, 사람이 없는 화이트 성으로 가는 이유는 오로지 하나.

자신의 솔직한 마음을, 그에게 전하고 싶었다.

그걸 그에게 주면, 기뻐해 줄까?

●

오크 마을로 돌아온 건 심야를 지났을 무렵이었다.

집으로 돌아오자, 늘 그렇듯 샬롯은 침대에서 소리도 없이 푹 자고 있었다.

샬롯은 매일 극도의 긴장감을 품으면서 에어리스나 호위 몬스터들과 함께 행동하고 있었다. 무슨 일이 있으면 곁에 있는 바람의 대정령이 몸을 던져서 샬롯을 지켜주겠지만, 그래도 몬스터와 계속 함께 있는 것은 죽을 맛이겠지. 나도 오늘은 이 땅을 휘젓고 다녔다는 흑룡의 화제가 나와서 한순간 철렁했다니까.

그래서인지, 샬롯은 집으로 돌아오면 언제나 곧장 침대에 쓰러져서 체력 회복에 전념한다.

"……."

그런 것치고 자는 표정이 온화하네.

대체 무슨 꿈을 꾸고 있을까?

마음 편할 날이 없는 장소에 있단 말이지. 조금이라도 행복한 꿈을 꿨으면 좋겠는데.

"……그러고 보니 전에 에어리스가 샬롯은 상당히 호기심이 강하다고 했지."

픽시는 기본적으로 겁이 많아서 다른 몬스터하고 적극적으로 교류하지 않는다고 한다. 그런데 샬롯은 스스로 에어리스의 호위에게도 말을 걸고, 그 안에 녹아들고자 열심히 노력을 계속하고 있다고 했다. 과연 가출 소녀는 근성이 있다면서 에어리스는 웃었지만…….

어째서, 샬롯은 그렇게까지 노력할 수 있을까? 화이트 성에 가기 위해서? 그야 거기는 샬롯의 생가니까. 나도 가끔은 데닝 공작 영지의 추억을 떠올리니까 마음은 이해한다. 하지만 지금 거기는 이미 폐허다.

대체 샬롯을 이렇게까지 충동질하는 원동력은 무엇일까? 오크 마을에 온 날 밤에 화이트 성에서 찾을 것이 있다고 했는데…….

"안 가르쳐 주겠지. 대정령 씨한테도 비밀이라고 하니까."

왕도에서 벗어나, 단둘이 휴잭으로 왔다.

밤 정도는 같이 있을 수 있다고 기대했지만…… 샬롯의 머리에는 화이트 성으로 가는 것밖에 없었다.

이대로 순조롭게 화이트 성에 도착하면 샬롯은 어떻게 되는 걸까……? 휴잭 부흥? 왕녀님, 이니까. 나는 생각도 못할 숭고한 생각을 가지고 있는 걸까? ……있겠지. 누가 뭐래도 왕녀님이니까…….

"……."

바람의 대정령 씨까지 괴상한 코골이를 하면서 자고 있었다.

"……가끔은 내 이야기도 들으라고. 나도 고민 정도는 있단 말이지……."

후우, 배가 고프군.

일단 뭐 먹을 거라도 부히타한테 받아오자.

한 걸음 밖으로 나서자, 마을은 땅바닥에 그대로 몸을 눕힌 채 잠든 몬스터들이 넘쳤다. 역시 전과 비교해서도 오크 이외의 몬스터가 명백하게 늘어났군.

그 원인은 아마── 저게 크겠지.

"스로부! 그 빛의 마법, 숲에서 주운 이거에 걸어줘꿀~!"

"지금은 지쳤으니까 내일 해 줄게."

오크들이 가진 액세서리에 빛의 마법을 부여해 준다. 그러면, 어둠에 반응해서 어슴푸레 빛을 낸다. 어둠에 반응하는 미약한 빛이다.

이거라면 어딘가에 있는 악마를 자극하지 않겠지.

악마가 빛을 빼앗기 때문인지, 오크 마을에는 어둠에 대한 공포가 만연하고 있었다. 그들은 내가 내려준 작은 빛을, 무엇보다도 기뻐했다.

그리고 어렴풋이 밝은 빛을 바라며, 더욱이 몬스터가 몰려들게 된 것이다.

"예쁜 빛이네, 스로부."

"……에어리스, 아직 안 잤구나. 벌써 밤이 깊었어."

"걱정해 줘서 고마워. 하지만, 묻고 싶은 건 내가 아니라 샬롯이지?"

"……알겠어?"

"그 애는 잘하고 있어. 정말이거든?"

"그럼 됐어. 하지만, 나는 에어리스, 네 몸도 걱정하고 있으니까."

"후후, 고마워."

미약한 빛을 손에 넣은 오크 마을.

다종다양한 몬스터로 넘치는 가운데에서도, 역시 그녀는 나에게 특별하다.

이 휴잭을 다스리는 수장, 으로는 도저히 안 보이지만 상냥한 그녀.

에어리스와 이야기하는 건 중요하다. 이렇게 샬롯이 매일 뭘 했는지 듣는 것도 중요하지만…… 아무래도 그녀 곁에는 현재 휴책에 잠복하고 있는 악마의 정보가 모인다.

"전부터 묻고 싶었는데, 둘이 싸우기라도 했어?"

"어, 어?"

"싸운 거야? 나 이상한 말 했어?"

"어…… 어째서…… 그렇게 생각했는지 물어봐도 될까……."

"그야, 계속 같이 있는 걸 별로 못 봤는걸. 그리고 자주 나한테 샬롯에 대해서 물어보니까. 집 안에서도 별로 대화를 안 하는 건가 싶어서."

언제나 자고 있거든!

네가 샬롯을 여기저기 데리고 다니는 게 원인이야!

그렇게 말하고 싶은 마음을 꾹 참았다.

낮에는 오크 마을 주변에서 해결사처럼 나날을 보낸다.

샬롯과 나 사이의 평행선은 변함이 없다. 샬롯과 생활 패턴이 너무 안 맞는 게 문제였다.

"그리고, 좀 어색해. 둘 다 사양하는 느낌이 들어."

"따…… 딱히, 에어리스하고는 상관없잖아."

"흐응. 그럴까?"

어쩐지 에어리스가 엄청나게 즐거워 보인다.

평소와 같은, 입장이 있는 몸으로서 어엿하게 행동하는 성실한 느낌이 아니다. 분명히 이쪽이 에어리스의 본래 모습이다.

소문을 아주 좋아하는 몬스터. 그것이 픽시니까.

"——그리고, 스로부. 호수에서 히드라를 쓰러뜨린 다음에 한 말, 진심이야?"

"……내가 뭐라고 했었나?"

"악마를 쓰러뜨린다는 이야기. 그 이글이 무리라고 한 상대 거든? 본래는 내 호위 같은 입장이 아닌, 북쪽에서는 몬스터 집단을 통솔하던 그리폰이었던 그 이글이 악마를 쓰러뜨릴 가능성이 없다고 했는데."

"에어리스. 나는, 진심이야."

"스로부는 대단히 강한 마법사라고 생각하지만, 무리야. 관 두는 편이 좋아."

휴잭에 나타난 악마.

고작 한 사람이, 수많은 몬스터를 공포의 도가니로 몰아넣 고 있다.

누구나 불안하게 생각한다.

무리다, 그 인간은 이길 수 없다. 몬스터의 본능이 그렇게 말 한다고 했다.

그 마음은 잘 안다.

왜냐면 이건 패배 확정 이벤트니까.

루니는 각성한 슈야가 쓰러뜨려야 할 상대니까.

"너한테만 얘기하는 건데, 나는 악마를 쓰러뜨리려고 이 나 라에 왔어."

"그러면 스로부의 부담을 줄이기 위해서, 나도 너희가 화해하도록 노력해 볼까?"

너무나도 불손한 말에, 에어리스가 작게 웃었다.

나는 그녀가 악마에게 손을 댔다가 괜한 다툼이 일어나지 않도록 신경 쓰고 있는 것도 알고, 화이트 성에 모여 있는 몬스터와 협력할 수 없는지 획책하는 것도 안다.

"아, 그리고 보니 샬롯이 지팡이 가지고 싶다고 했어. 픽시인데 지팡이라니 웃기잖아. 하지만 걔는 진심인가 봐. 어머, 스로부. 갑자기 왜 이상한 표정이야?"

"……그거다."

왕성에서 한때 샬롯의 마음을 풀기 위한 선물 작전을 생각했었다. 그때는 그녀에게 뭘 선물해야 기뻐할지 몰라 단념했지만…… 나는 바보냐!

크루슈 마법학원에서 계속 노력하는 모습을 줄곧 봤으면서.

무심코 그녀의 손을 쥐었다.

"에어리스! 고마워!"

"어? 내가 무슨 이상한 말 했어?"

"아니야, 에어리스! 지팡이, 그거야! 왜 지금까지 깨닫지 못했을까!"

"앗, 응. 뭔가 떠오른 거구나?"

"떠올랐어! 이러고 있을 수 없지. 그게 어디 있는지 생각해야 돼!"

마법사로서, 나도 전용 지팡이를 가졌다.

그렇다면 마법사로서 눈을 뜬 샬롯에게도 어엿한 지팡이가 필요하다.

누가 뭐래도 샬롯은 왕녀님이다. 나에게는 알리시아보다 카리나 공주보다, 가장 가까운 여자애. 무조건 기뻐해 줄 거라는 확신이 있었다.

왜냐면 화이트 성에는 그게 있잖아.

나는 너무나 나이스 아이디어를 떠올리고 기뻐서———.

"지쳤지만 빛의 마법 필요한 녀석이 있으면 만들어 줄게! 선착순 10명까지!"

그러자.

느닷없이, 자고 있던 오크들이 나를 향해 돌진했다.

●

휴잭과 인접한 주변 국가는 깨닫지도 못했지만.

빛을 빼앗는 악마라 부르는 인간 때문에, 휴잭에 숨어 있는 몬스터는 의기소침한 게 눈에 보였다.

"날이 밝았다꿀. 이제 안 무섭다꿀."

"꿀. 몬스터 많다꿀, 잔뜩꿀. 즐겁다꿀."

하지만 오크 마을은 오늘도 소란스러웠다. 요즘 들어서 발전하는 속도는 한마디로 이상할 정도다.

더욱이 요즘에는 몬스터 하나 때문에 급속하게 명랑함을 되찾아가고 있었다.

기본적으로 종족이 다른 몬스터들끼리 한 곳에 모여 생활하는 일은 있을 수 없다. 예외는 서로 죽여 가며 진화를 노리는 던전이나, 블루 라이트처럼 압도적인 카리스마 아래 모이는 경우뿐이다.

"꿀꿀, 오크 마을이 떠들썩하다꿀."

"고블린이 마을 밖에서, 힐끔힐끔 보고 있다, 꿀!"

그것도 몬스터가 모이는 것은 평소에는 가장 바보 취급을 받는 오크 마을이다.

아무리 에어리스가 말해도, 몬스터들은 악마라는 알기 쉬운 위협이 나타날 때까지는 단결하지 않았다.

다들, 말은 안 하지만 불안한 것이다.

동족인 인간도 죽이는 살육자.

힘이 자랑거리인 몬스터가 셀 수 없이 도전했다가 격퇴당했다.

"으에에에, 그렘린까지 있다꿀. 저 녀석들은 싫어하니까 쫓아낸다꿀."

"어이. 심술부리지 마라꿀. 다들 친구다꿀."

"그래꿀. 꿀꿀."

몬스터가 모이는 이유는 악마에 대한 공포일까?

그것도 있겠지만 근본적인 원인은 누구나 알고 있었다.

혜성처럼 휴잭의 대지에 나타난 오크 마법사 덕분이었다.

듣자니 인간과 같은 옷을 입었다. 마법사라고 한다. 호수를 점령하고 있던 히드라를 쓰러뜨렸다. 오크란 생각이 안 들 정도로 머리가 좋다.

그리고── 악마를 쓰러뜨리기 위해 왔다.

대체 오크 마법사의 정체는 무엇일까? 희귀한 걸 보고 싶은 마음에 그때까지 오크 마을에 흥미가 없었던 몬스터가 차례차례 몰려온 것이다.

"꽤나 떠들썩해졌네. 예상한 것보다 훨씬 빨라."

오늘도 에어리스는 오크 마을의 번영에 웃고 있었다.

"그렇지만, 그냥 픽시인 내가…… 그 애처럼 이 장소를 지킬수 있을까?"

북방에서는 지루한 숲을 빠져나와, 사람들 사이에 내려서서 비운을 맞이하는 픽시.

남획, 관상, 구경거리가 된 결과, 그들은 인간의 눈을 피해 자연의 오지에서 살아갔다.

"이 정도 수의 몬스터도 통솔하지 못하면, 그 애의 언니 실격이야."

그때 영웅 개체로 태어난 픽시가 다시 한번 세상에 나가자고 모두에게 말했다.

그녀의 압도적인 카리스마 앞에서 머리 없는 갑옷이 검을 바치고, 적룡이 불꽃을 헌상했다. 북쪽을 공포의 도가니로 몰아

넣던 도스톨 제국의 군대도 격퇴하고, 그녀에게서 흘러넘치는 빛 앞에서는 인간마저도 엎드렸다.

그리고 북쪽의 마왕으로 숭배를 받게 된 블루 라이트의 가족인 에어리스는, 이 땅에 인간과 몬스터가 협력할 수 있는 거점을 구축하기로 약속했다. 고작 한 명의 위험한 인간이 나타난 것 정도로, 휴잭에서 도망칠 수 있을 리 없었다.

"에어리스 님——."

그때, 하늘에서 그림자가 내려왔다.

하늘을 나는 날개를 가진, 천 리를 내다본다는—— 그리폰.

푸른 눈을 가진 요정족, 블루 라이트가 에어리스를 위해서 붙여 준 호위. 휴잭에 있는 몬스터들 중에서도 두르는 분위기가 이질적이다. 알기 쉽게 말하자면—— 강해 보인다. 그것도 대단히.

"이글. 뭔가 문제가 생겼어?"

"에어리스 님. 악마는 자유연방을 향해서 전진하는 중——입니다만, 이쪽도 들켰습니다."

"……말도 안 돼. 상당히 멀리서 감시하는 거 아니었어?"

"네. 그러나, 무시무시하게도 사실입니다……. 무례인 줄 알면서도 진언합니다만, 그분을 부르면——."

"이글. 그 애가 오면 삼총사의 마녀까지 휴잭으로 따라올 거야. 그러면 남방의 4대국이 가만있지 않아. 균형이 무너지고, 이 나라는 다시금 전장이 될 거야."

"……참으로 상냥하십니다. 이대로 휴잭에 계속 머무르신다면―― 에어리스 님은 오크와 함께 죽게 될 겁니다."

"이글. 물론 네가 잔뜩 설명해 줬으니까 하고 싶은 말은 알겠어. 이 마을을, 휴잭을 버리고 그 애 곁으로 도망치라는 뜻이지?"

"제 일은 에어리스 님을 지키는 것이라, 틀린 말을 한 것은 아니라고 생각합니다."

"네가 하는 말은 충분히 알고 있어. 계속해서 감시해 줘."

"……알겠습니다. 그러나, 후회하실 겁니다."

대지에서 날아오른 그리폰에게 손을 흔들고, 에어리스는 깊고 깊은 한숨을 쉬었다.

이런 어수선한 이야기는 거북하다.

그렇지만 흡혈귀에게서 휴잭을 되찾은 여동생 대신 이 땅을 지킨다고 약속했다. 이 정도 책무로 약한 소리를 내서 어쩌란 거야?

"그래서 샬롯. 나는 연습은 이제 그만뒀어?"

――에어리스는 머리를 전환하여, 비행 연습을 하는 동료를 보았다.

하늘도 못 날고, 바람도 못 다루며, 남방에 온 뒤로 계속 오크 마법사와 함께였다는 웃기는 픽시. 어째서 함께 행동하게 됐는지, 두 사람이 어떤 관계인지 알고 싶었지만 샬롯은 아무것도 말해 주지 않았다. 유일하게 말해 준 건 아주 옛날부터 둘이 함께였다는 것뿐이다.

"샬롯……?"

에어리스는 당초 샬롯에게 위화감이 들었던 걸 부정하지 않는다.

가출 소녀는 에어리스 말고 다른 몬스터가 다가가면 명백하게 공포를 느끼고 있었다.

이유를 물어보니 옛날에 무서운 일을 당했다고 한다. 과거를 이야기하는 샬롯의 말투는 희미하지만 과거의 공포 같은 것이 섞여 있어서, 에어리스도 그 이상 묻지 않았다.

특히 그리폰인 이글이나, 날개를 가진 몬스터에게 과잉 반응.

"아 그렇구나. 정말이지…… 얘는 참…….''

그러나 시간이 지남에 따라 이 환경에 익숙해졌는지, 샬롯은 휴잭에서 무슨 일이 일어났는지와 현재 상황에 대해서 계속 알고 싶어 했다.

그래서 말해줬다.

이미 흡혈귀 무리는 토벌됐고, 휴잭의 왕족이 살고 있던 화이트 성은 그때 활약한 몬스터가 점거하여 에어리스도 섣불리 다가갈 수가 없다는 것.

그리고, 모든 것을 알고서는—— 아주 조금 기운을 되찾은 것 같았다.

"스로부가 뭘 하고 있는지 그렇게 궁금해? 저기 가 보면 되잖아."

"따, 딱히 궁금하지 않아요!"

"그래? 연습에 집중 못하는 것 같은데."

"에어리스 씨의 착각이에요!"

그리고 요즘 샬롯은――잠깐만 눈을 떼면 이렇다.

――이쪽 이야기를 듣지도 않고, 시선 끝에는 언제나 그의 모습이 있다. 지금은 오크 마을의 누구나가 그에게 열중하고 있으며, 지금도 그의 주위에는 수많은 오크가 모여 꿀꿀 소란을 피운다.

"후~응. 그렇게 말한단 말이지. 말해 버리네."

"그, 그 표정은…… 뭔가요……?"

"나는 다 알거든. 너희가 사실은 싸웠다는 거. 하지만 샬롯이 일방적으로 억지를 부리는 거 아냐?"

"저는 억지 안 부렸어요!"

"그래? 가출한 다음은 전부 스로부를 의지한 건 아니고?"

"그러니까, 저는 가출한 게 아니에요!"

밤이 되면, 그는 에어리스를 몰래 찾아와서 샬롯이 어떤지 물어본다. 그것도 매일. 그쯤 되면 누구나 알 수 있다.

과거에, 괴로운 일을 겪었다는 샬롯을 구한 것은――그다.

그런데 샬롯은 매정한 태도를 취한다.

"이제 그만 용서해 줘도 되잖아. 싸움도 별로 큰 문제를 가지고 그런 게 아니잖아?"

"저한테는 큰 문제예요! 간단하게 용서해 줄 수는 없어요!"

그녀에게는 자신의 출생에 관련된 문제이며, 계속 속고 있었던 것이다.

그러나── 에어리스는 깨닫고 있었다.

하루가 끝나고. 해가 떨어지고. 오크 마을에 돌아올 때. 보기 드물게 그가 먼저 마을에 돌아와 있었다. 대개는 오크 킹이랑 밤늦게까지 나가 있는 오크 마법사가 마을에 있고, 샬롯은 눈빛을 반짝이면서 서둘러 그에게…… 그리고 뭔가 깨달은 듯 발길을 멈췄다.

지금은 눈을 내리깔고 있지만, 싸웠다는 걸 그 한순간 잊었던 거겠지.

감정의 변화가 이렇게 알기 쉬운 애도 그리 없다고 에어리스는 생각했다.

"샬롯, 사실은 진작에 용서한 거 아냐?"

"……에어리스 씨의 착각이에요."

"대체 언제부터 싸운 건지는 모르겠지만, 오기를 부린 시간이 너무 길어서, 어떻게 해야 할지 몰라서 그러는 거지."

"그렇지는…… 않아요."

소곤거리는 듯한 목소리.

뜻밖에 알기 쉬운 애다. 본인은 부정하겠지만, 같이 있으면 잘 알 수 있었다. 자신이 스로부에게서 마법을 배울 때도 사실은 가까이 있고 싶은데 다가오질 못한다. 이 애는 참 서투르다. 그리고 오크 마법사는 참 둔감하다.

"하아, 역시 그렇구나. 그러면 나한테 맡겨 볼래?"

손이 많이 가는 애다.

오크를 좋아하는 픽시라니. 픽시 역사에서도 처음일 것이다. 그렇지만 손이 가는 아이일수록 귀엽다고도 한다. 그래서, 에어리스는 걸어갔다.

대삼림을 자그마한 산맥이 둘러싸고 있는 자연의 대지.

악마를 쓰러뜨리기 위해 왔다고 에어리스한테만 말해 준 그의 곁으로——.

그것은 짧은 평온이었지만, 악마를 감시하다가 돌아온 그리폰이 또다시 에어리스 곁으로 급강하했다. 불온스러운 기척. 이럴 때는 분명히 무슨 일이 있다.

"이글. 무슨 일이야?"

"에어리스 님. 놈들이, 화이트 성의 「늑대인간 울브즈 일족」이—— 왔습니다."

●

마침 그때. 나는 부히타랑 함께 점심을 먹으러 오크 마을에 돌아와 있었다.

평소처럼 야외 식당에 늘어선 돼지고기를 먹고 있다가, 돼지고기는 오크한테 동족 아냐? 라는 의문을 품게 되지만……

오크들은 신경 안 쓰고 냠냠 먹고 있었다. 휴책에는 과거에 기르고 있던 동물이 잔뜩 숲속에서 번식한 것이다.

나는 식사를 되도록 천천히 맛을 보며 먹는 것이 신조이지만, 오싹한 기척이 느껴져서 고개를 들었다. 오크 마을이 술렁대기 시작했지만, 역시 배가 고파서 식사를 재개했다. 그러나 그리운 목소리가 들렸다.

"스로부 님! 이럴 때 뭘 느긋하게 먹고 있어요!"

"샬롯? ……아니, 식사 중에는 식사에 집중하고 싶다는 나만의 룰이 있거든. 그리고 오크들이 흥분해서 떠드는데, 무슨 일 있어?"

"무슨 일이라뇨! 화이트 성에서 악마를 쓰러뜨리기 위한 토벌대가 와서, 지금 에어리스 씨랑 이야기를 하고 있어요!"

"호오. 그거 참. 하지만 오크인 나는 그런 중요한 회의에는 나갈 수가 없잖아."

"그럴지도 모르지만, 일단은 얼른 밥 다 드세요! 그렇게 느긋하게 식사를 즐기는 건 스로부 님밖에 없어요.!"

"앗, 그 토벌대란 녀석들이 이쪽에 온다."

"에!"

"저 녀석들이지?"

토벌대가 우르르 오크 마을을 통과한다.

하늘에는 그 그리폰. 아무래도 악마 곁으로 안내를 하는 모양이군. 그러나 저건 늑대인간 집단이네. 화이트 성 주변에 사는 세력으로 특히 유명한 건 「데몬」, 「늑대인간 울브즈 일족」, 「검귀단」^{소드 애시}이라고 들었는데, 그중 하나가 나왔군.

나도 처음 보지만 살벌하네. 험악한 검을 차고 있는 사람 모양의 늑대, 싸움의 경험도 풍부하겠지. 각자가 무장을 하고, 특히 리더로 보이는 늑대인간은 듬직하다. 크루슈 마법학원을 습격한 그 사이클롭스와 비교해도 체격이 뒤지지 않는다.

"헤이, 오크. 네가 악마를 쓰러뜨리러 왔다는…… 오크 마법사냐?"

그렇지만, 늑대인간 중에는 크루슈 마법학원을 습격한 그녀석보다도 훨씬 껄렁대는 녀석도 있는 모양이다. 몬스터도 개성이 있는 건 충분히 알고 있었지만, 이 녀석은 그다지 상대하기 싫은데. 내가 입을 다물자, 그 녀석은 멋대로 말을 해댔다.

"요즘은 인간이 통 오질 않아서 굶주려 있었어. 그러니까――우리가 해치우겠다. 유감이지만 오크 마법사, 네 차례는 없어. 너희를 쫄게 만들었던 인간을 우리가 쓰러뜨려 주마――. 감사하라구? 크히히."

살벌한 목소리로 말하고 물러갔다. 호전적이고 잔혹한 의사. 반드시 죽인다. 그런 미래를 떠올리고 있는 건지 즐거워 보인다. 짐승 같은 웃음소리를 내면서 화이트 성에서 온 자객이 물러갔다. 어지간히 자신의 힘에 자신이 있는 모양이군. 이상한 녀석이지만 몬스터 세계는 실력 지상주의라고 한다.

이 화기애애한 오크 마을이 특수한 거다.

"꿀. 점심을 뺏겼다고 울지 마라, 꿀."

"놈들이 악마를 쓰러뜨려 주면, 점심 정도는 아무래도 좋다 꿀."

오크들은 아주 조금이지만 동경하는 눈길을 보내고 있었다.

어쩌면, 쓰러뜨릴지도 모른다고 생각하는 것이다.

그러나 며칠 뒤.

해가 완전히 저문 밤. 그 자존심 강해 보이는 그리폰이 마을로 와서, 오크들이 술렁거리기 시작했다. 그리폰이 마을에 오는 이유는 에어리스에게 보고해야 할 무언가가 숲에서 일어났기 때문이며, 반드시 좋지 않은 일이라고 한다.

솔직하게 말하면, 그리폰의 방문은 내 상상 그대로였지만——.

"악마에게 동료가—— 사람이 둘, 악마와 함께 있습니다."

「늑대인간 울브즈 일족」 전멸의 소식하고는 별개로.

에어리스에게 보고를 한 녀석의 말에, 나는 말을 잃었다.

막간 미궁도시로 가는 여행길

구슬땀이 차례차례 흘러 떨어지고, 또 뿜어져 나온다.

"…크윽……! 대체 어디까지 쫓아오는 건데!"

"하악하아악——— 부, 불평하지 말고 달려! 알리시아!"

"……애당초, 휴적을 지나간다는 바보 같은 말을 꺼낸 건 대체, 누군데!"

"나긴 한데, 따라온다고 한 건 너잖아! 나는 말렸다!"

생각해 보면, 학원 바깥에 펼쳐진 길 잃는 숲은 참으로 편리한 곳이었다.

몬스터는 인간을 겁내고, 관리되어 있었다. 던전이 생겨서 그런 일이 있었다지만, 앞으로도 길 잃는 숲은 마법학원의 공부 장소로 쓰일 것이다.

"슈야, 이번에는 보라색 슬라임이! 어, 어떡해야 하는데!"

"슬라임 정도로 소란 떨지 마! 불꽃 화살! ……후우, 이걸로 한숨 돌릴 수 있을 거야."

그러나, 이 숲은——— 어떤가?

초목은 마구마구 우거지고, 과거에는 길이었을 오솔길까지

가지가 뻗었으며, 땅은 질퍽질퍽하다. 수상쩍은 나무 열매도 맺혀 있고, 종국에는――.

"한숨은커녕, 아, 또 왔어! 슬라임이 잔뜩!"

"앗! 야! 나를 두고 도망치지 마!"

몬스터에게 쫓기면서 알리시아는 생각했다.

잘못 생각했다.

그때 그 마음은 다 거짓말.

그저 무언가를 결단한 것처럼 보인 슈야가 빛나 보였으니까, 그런 가벼운 마음이었다.

위험한 줄타기에 스스로 뛰어들었다. 분명히 안 좋은 꼴을 당할 걸 알면서도, 그녀는 휴객 횡단 따위 그 흑룡 소동과 비교하면 큰일이 아니라고 어쩐지 가볍게 보고 있었다.

――아직, 몬스터 소동의 열기가 잦아들지 않은 것은 알리시아도 마찬가지였다.

"슈야! 너, 조금도 도움이 안 되잖아! 뭐가 '나한테 전부 다 맡겨' 야! 처음에 그 자신감은 어디 갔어!"

그리고, 그녀는 떠올렸다.

몬스터에게 지배된 나라에 입국한 그 날부터의 궤적을.

입국 하루째.

그렇지만, 이미 휴객은 나라가 아니다.

몬스터의 영역이며 국경도 애매하다. 입국하는 건 모험가나 도적들뿐이고, 처음에는 서바이벌 같아서 가슴이 뛰었다. 두 사람은 마법사였고, 슈야는 모험가다. 휴잭은 시야가 좋은 초원 지대가 잠시 이어지고, 숨어서 이동하면 몬스터에게 들키지도 않을 거라고 생각했다.

──생각하고 있었다.

"슈야. 알고는 있겠지만."

"위험하면 돌아간다, 이거지? 알고 있다니까? 알리시아는 걱정이 많아."

"있잖아아…… 여기서, 모험가랑 병사가 몇 명이나 죽었는지 알아?"

"알고 있어. 그래서 이걸 구한 거잖아."

그리고 붉은 머리 소년은 손에 한 장의 종잇조각을 들었다.

"이 지도에는 몬스터의 종류와 서식지가 자세하게 적혀 있어. 어디를 조심하면 무사히 휴잭에서 자유연방으로 빠져나갈 수 있는지도 완벽해. 이걸 구하려고 숨겨둔 재산을 다 털어 넣었지만…… 제네라우스에서 벌면 되겠지."

상인이 마법학원의 학생을 위해서라고 하면서 팔았다.

그것뿐이 아니다. 비싼 비약도, 독을 바른 나이프도, 도움이 될 법한 물건을 닥치는 대로 샀다. 알리시아와 슈야는 가진 돈을 뿌려 가며 긁어모았다.

──이 도피행으로, 흑룡 소동 때 한 걸음도 움직이지 못한

자신을 바꾸겠다고.

"이 근처는 아직 평화로워. 무서운 건 한 걸음이라도 숲에 들어간 다음이야. 긴장 풀지 마."

본래 휴객은 다리스나 서키스타처럼 발달한 나라가 아니었다. 숲속에 촌락을 만들고 자연과 함께 살아가는 소국. 폐쇄적이며 커다란 무력도 없는 나라.

길은 미로처럼 복잡하다. 타지인이라면 알 수 없을 것이다. 휴객의 백성이 만든 지도는 난해하여 해독하는 것도 고생스러웠다.

그러나 두 사람은 휴객으로 들어오기 전에 지도를 몇 번이고 봤다. 필요한 지리를 머릿속에 쑤셔 넣고, 길을 잃지 않도록 최선을 다했다── 그랬다고 생각했다.

사고는 거기서 중단됐다. 왜냐하면 숲에 들어가게 되는 경계가 되는 장소에서, 여행의 동행자인 그가 또 혼잣말을 하기 시작했으니까.

"어……? 저쪽이 지름길이야? 몬스터의 기척…… 그래?"

여행의 동행자는 슈야 뉴케른.

존재하지 않는 누군가가 보인다. 가끔 혼잣말을 중얼거린다.

크루슈 마법학원에서 별종이라 불리는 남자.

"슈야…… 혼잣말 중얼거리는 거 기분 나쁘니까 그만둬 주지 않을래?"

"어? 나 목소리 내고 있었어?"

"내고 있었어! 중얼중얼중얼중얼."

"미안 미안. 오랜만에 목소리가 들려서. 하지만, 지도에도 여기서 숲으로 들어가는 게 제일 짧다고 쓰여 있으니까── 그리고, 생각보다 몬스터가 없네."

"그러니까, 그런 물러터진 생각이── 어라, 뭔가 밟았어."

죽은 것처럼 잠들어 있던 블랙 베어의 꼬리를 밟은 것은 그냥 우연이었다. 잠에서 깬 블랙 베어가 두 사람을 쫓아서, 길을 벗어난 숲속으로 들어가 버렸다.

──몬스터, 있잖아! 그게 아니라, 너무 많지 않아?

여기저기에 있잖아. 국경 너머에는 몬스터도 적고, 그냥 시야가 좋은 초원만 펼쳐지고 있었는데.

그제야 두 사람은 자신들이 터무니없는 장소에 와 버렸다는 걸 깨달았다.

입국 이틀째. 다시 말해서 이틀날.

어젯밤에는 우연히 숲속에 있는 가옥을 발견했다.

특별 주문해서 마련한, 몬스터가 싫어하는 향수를 뿌리고 어젯밤은 한 걸음도 밖에 안 나가기로 정했다. 그리고 태양이 떠오르는 것보다도 빨리 일어나서, 집 주변에 몬스터의 기척이 없는 것을 확인하고서 두 사람은 나왔다.

지도에 따르면 똑바로 숲을 가로지르면 자유연방에 도착한다고 했다. 다른 문제가 없다면, 일주일 정도면 휴잭을 빠져나갈 수 있다고 슈야가 잘라 말했다. 평소에는 의지가 안 되는 슈야지만, 다시 봤다. 물론 본인에게는 말 안 하지만.

"너는 귀족인데 역시 별나네. 모험가 등록을 한 것도 그렇고, 무모한 짓을 하는 것도 그래. 다리스는 집안의 격으로 장래가 결정되잖아?"

"귀족이니까 모험가가 되면 안 된다는 법은 없잖아? 그리고 남작 가문 출신이라도 군에서 성공한 사람은 잔뜩 있어. 특히 이 휴잭의 조사 임무를 맡은 군인은 젊어서 발탁됐단 말이지."

"흐~응. 잘 아네."

나도 그들처럼 되고 싶어.

그렇게 말하는 슈야가 조금 멋있었다.

그러나 점심 지나서.

맑은 샘을 발견하여 몸을 씻었다. 기분도 좋았고, 자유라고 생각했다. 마법을 쓰면 몸을 씻어낼 수 있지만, 마음의 때는 벗겨지지 않는다.

서키스타로 돌아가면 느낄 수 없었을 해방감.

이쯤부터였을 것이다.

길이 순조로운 탓에, 슈야가 몬스터를 쓰러뜨리면서 나아가고 싶다고 우쭐거리기 시작한 것은.

"괜한 짓은 안 하겠다고 했잖아!"

"이 정도가 뭐 어때서!"

휴잭으로 잠입하고서 수많은 몬스터의 시체를 발견했다. 모험가나 병사가 한 일일 것이다. 모험가는 힘을 시험하기 위해서, 병사는 휴잭에 모인 몬스터의 상황을 감시하기 위해서 들어올 기회가 제법 있다. 그건 알고 있었다. 서키스타도 정기적으로 병사를 보내서 상황을 파악하고자 노력하고 있었다.

당초 알리시아는 슈야를 타일렀다. 몬스터와 싸우는 건 제네라우스에 도착하면 얼마든지 할 수 있잖아. 하지만 슈야는 언뜻 보기에도 우쭐거리며 자만하고 있었다.

슈야가 영 시끄러워서, 알리시아는 멋대로 하라고 말했다.

그리고, 슈야의 행동은 완전히 잘못이었다.

"파이어 볼! 파이어 볼!"

"너, 그것밖에 없어! 고블린도 보고 피하잖아!"

약해 보이는 고블린에게 시비를 걸었다가 금방 다른 몬스터에게 발각되어, 슈야는 도망치면서 싸웠다.

슈야의 마력이 떨어지자, 그때부터 도망쳤다. 계속 도망쳤다.

"바보 아냐? 너, 바보 아냐?!"

"알리시아! 너도 마법 써 봐!"

"나는 물의 마법사! 네가 다치면 누가 상처를 치료해 주는데!"

"……그런 말을 할 때가 아니잖아! ……어? 뭐라고? 으에에엑."

"그러니까 혼잣말은 그만두라고! 누구랑 얘기하는 건데! 기분 나빠!"

"아니, 혼잣말 아냐! 나는, 대화를 하는 거야! 어, 좀비 계통 몬스터가 위험해? 으악, 어째서 좀비 솔저가 있는 거야. 우, 우와아아아아아아아아아아아아!! 도망쳐, 알리시아! 이쪽이다!"

알리시아는 빠르게도 후회했다. 따라오는 게 아니었다. 지금 당장 다리스로 돌아가자고 슈야를 설득했지만, 이제 길도 알 수가 없었다. 슈야가 수정에서 들린다는 수수께끼의 목소리를 의지해서 걸었다. 이제 어떻게든 되라고 알리시아는 생각했다.

"잠깐 슈야! 해골! 지금 해골이 있었어!"

"해골 정도는 있겠지! 여기는 휴잭이잖아! 몬스터에게 점령된 그 나라! 서키스타나 다리스가 몇 번이나 되찾으려고 했는데 그때마다 실패했다고! 아, 저기 봐, 작은 웜이 있다! 저거라면 쓰러뜨릴 수 있겠어."

사람의 손이 닿지 않은 자연. 수풀에서 둥그런 웜의 모습이 보이자, 생각보다 작아서 맥이 빠졌다. 사람 놀라게 하기는. 슈야가 다가가자, 위에서 뭔가가 쿵 떨어졌다.

성체 웜. 크다. 웜이 성장 속도가 빠르다는 건 알고 있었다. 하지만 너무 크지 않아?

슈야가 알리시아! 하고 외쳤을 때 그녀는 이미 도망치고 있었다.

박정하다고 매도할 여유도 없이, 슈야도 달리기 시작했다.

도망치기 위해서. 살기 위해서.

나뭇잎 사이로 보이는 밤.

달이다. 달빛이 지금 두 사람을 지탱해 주는 유일한 아군이다. 미약한 빛이 가리키는 곳으로 두 사람은 달렸다. 벌레가 운다. 어둠 속에서 몬스터로 추정되는 붉은 두 눈이 몇 번이고 보였다.

공포가 심장을 콱 움켜쥔 것 같았다. 뱉어내는 숨소리가 이상하게 크게 들렸다. 어디서 잘못한 거지? 처음부터다. 휴잭을 지나간다는 생각이 애당초 글러 먹었다. 살아서 이 숲을 빠져나가면, 슈야한테는 확실하게 현실을 가르쳐야겠다고 알리시아는 결심했다. 예쁜 돌 마니아에, 오컬트 마니아인 슈야가 그 녀석처럼 강해질 수 있을 리가 없다.

왜냐면 그 녀석은 어렸을 때부터 굉장했다. 오히려 어렸을 때가 전성기. 요즘에는 조금 되찾아가고 있는 모양이지만, 역시 제일은 그 무렵. 왜냐면 귀족인데도 대국 서키스타의 제2 왕녀인 내 약혼자가 됐었으니까. 그건 굉장한 일이야.

……어라? 그러고 보니 그건 어떻게 된 거지? 약혼 관계는 아직도 이어지고 있는 걸까? 라고 생각하며 뒤를 돌아보니, 그 거대한 웜이 바로 뒤에!

계속 하나의 거대한 웜에게 쫓기고 있었다.

"최악이야, 최악!! 역시 따라오는 게 아니었어!"

"따라오기로 결정한 건 너잖아, 알리시아! 그리고 나는 무진 장 반대했다고!"

──죽음.

그때, 학원에서 느낀 절망감이 떠올랐다. 왕족인 그녀가 죽는다니 말도 안 된다고 생각했다. 하지만 이건 다르다. 가출이다. 그렇다, 가출했다가 죽는다니 바보 같은 일이다. 그리고 그 용과 비교하면 웜은 너무 약하다. '무규우우우우우.' 하는 그 울음 소리는 또 뭐고? 아, 안 돼. 무섭다. 그리고 웜인 주제에 빠르다. 애벌레는 좀 더 느리지 않아? 느려 터졌고, 밟아서 터질 것 같은 생물. 그게 크기만 커졌다고 저렇게 빨라지는 거야?

"슈야! 초원으로 나가자!"

"안 돼! 이럴 때는 익숙지 않은 장소에 가지 말라고 스승님이 그랬어!"

"스승? 스승이 누군데!"

"모험가인 셋센 스승님! 나한테 모험가의 마음가짐을 가르쳐 준 사람이야!"

몬스터가 살아가는 낙원, 휴잭.

이런 세계에서 인간이 살아갈 수 있을 리 없다. 역시 슈야를 따라오는 게 아니었어! 시시한 감상에 빠진 나도 나지만!

아아, 안 된다. 그리고, 셋센 스승님은 또 누구야.

아무래도 좋다. 이제는 화낼 기력도 안 솟는다.

숨이 차다. 다리는 당장에라도 꼬일 것 같다. 가망이 없다. 아아, 아버님, 어머님, 죄송해요. 저는 글러 먹은 딸이랍니다. 얌전히 집으로 돌아갔으면 좋았을걸.

"……슈야, 기다려. 웜의 기척이, 없어."

알리시아가 멈췄다.

등 뒤에서 다가오던 기척이 무산됐다. 웜이 멍하니 멈춰 섰다. 눈의 색도 빨강에서 녹색으로 변했다. 그러니까 흥분이 가라앉았다. 방금까지만 해도 그렇게나 분노해 날뛰었는데.

"……우리를, 찾고 있어?"

웜은 그 상태로 '큐~웅, 크~웅.' 하는 묘하게 귀여운 소리를 내고서 어슬렁거리며 숲속으로 돌아갔다. 몇 걸음 뒤에 있던 슈야도 어안이 벙벙한 모습이었다. 그리고 애당초 뭐 하는 거야? 날 구해야지. 어째서 나보다 먼저 도망치는데. 난 왕족이니까 내 방패가 되란 말야.

이 녀석…… 역시 의지가 안 된다.

"……알리시아, 지금 그거."

"어둠의 마법이 틀림없을 거야. 하지만 슈야. 너는 아니지?"

"내가 어둠의 마법을 쓸 수 있을 리 없잖아."

어둠의 마법.

빛의 마법이 육체를 강화하는 데 적합한 것에 비해, 어둠의 마법은 마음에 관여한다. 빛의 마법사를 존중하는 다리스에서는 흔히 볼 수 없는, 학원의 선생님도 못할 법한 고도의 어둠 마법이 웜을 덮친 것이다.

대체 누가——.

"뭐야? 마법사였나?"

목소리가 들렸다. 그러나 사람은 보이지 않았다.

위에서 내려온 그림자.

얼굴에 도료를 바른, 언뜻 보기에도 듬직한 남자가 커다란 나무 위에서 내려섰다.

두 사람 곁에 나타난 남자는 이름조차 밝히지 않고.

살고 싶은 생각이 있으면 따라오라는 말만 하더니, 길을 벗어난 나무들 안쪽으로 걸어갔다.

밤이 되면 안개도 낀다.

밤이기에 활동하는 몬스터도 있다. 흉폭하고 교활하다. 시야가 나쁜 밤에 활동하는 것은 좋지 않다. 그런데, 이 남자는 당당하게 불을 피웠다.

"너희도 난리였구나. 그건 이상하게 집념이 강하지. 그보다도 안 먹나?"

연기나 불빛에 몬스터가 이끌릴 걱정은 안 하는 걸까? 그러나 남자는 척척 요리를 시작했다. 그 모습은 언제나 몬스터에게 겁을 먹고 있던 두 사람의 눈이 동그래질 정도로 당당했다. 두 사람은 나뭇잎이 흔들리는 소리에마저 공포를 느끼는데.

"응? 아아…… 불을 피우는 건 맛있는 밥을 먹기 위한 것 말고도 이유가 있어. 나는 말야. 유인하고 있는 거야. 몬스터 놈들에게 내가 있다는 걸 가르쳐 주는 거지. 이 고기는 오늘 아침에 잡아 둔 새 고기야. 맛있다고?"

밤의 어둠은 약한 자신을 부각시킨다.

그런데도 이 남자는 무서울 것은 아무것도 없다며 웃었다.

고기를 깨물었다. 불에 비치는 옆모습. 허세를 부리는 것 같지도 않았다.

웜에게서 자신들을 구해준 강건한 남자. 이 휴잭에서 처음으로 만난 인간.

"……안 먹나?"

짐을 버리고 도망친 두 사람은 그때 떠올랐다.

자신들이 대단히 배가 고프다는 것을.

극도의 긴장 상태를 불이 데우며 풀어준다.

"그래서. 아무리 마법을 쓸 수 있어도 어린애들이 숨어들기에 휴잭은 너무 위험해. 너희는 목숨 아까운 줄을 모르는 바보냐? 아님 그거냐? 자살 지망자? 깊숙한 숲속에는 오우거 무리나 오크 킹이 통치하는 마을, 화이트 성 부근에는 데몬이나 늑대인간 일족까지 뭐든지 다 있거든. 더욱이 하늘에는, 너희는 안 보이겠지만 그리폰이 휴잭 전체를 감시하고 있어……. 뭐야? 너희 그리폰이 있다는 걸 깨닫지도 못한 건가?"

슈야는 하늘을 올려다보고, 남자의 말대로 하늘에 머무는 그 모습을 확인한 다음에 오싹해졌다.

가르쳐 준 남자에게 대답할 여유도 없었다.

더욱이 오크 킹이 통치하는 마을이라면, 오크가 몇백 마리나 있을지 예상도 못하겠다.

새삼 자신들이 몬스터의 나라에 와 버렸다고 두 사람은 실감했다. 자신들의 역량으로 휴잭에서 고작 며칠이라도 살아남은 것은 기적이라고 남자는 말했다.

"설마하니, 소문을 듣고서 침입한 거야? 도저히 그렇게는 안 보이는데."

"소문이요?"

"……오는 도중에 인간의 시체가 여럿 있었지? 몬스터의 움직임이 전보다 더 활발해졌어. 그리고 요즘 드래곤이 눈을 떠서 수많은 몬스터가 당했다. 놈들도 신경이 곤두서 있어. 그

런 시기에 놀이 기분으로 휴잭에 숨어들다니, 제정신이 아니군."

오싹오싹 소름이 돋았다.

그러고 보니, 있었다. 두 사람은 도중에 수많은 인간의 시체를 봤다.

"······서키스타의 병사도 있었답니다."

"병사를 보내는 건 주로 다리스지만, 각국의 병사도 있어. 몬스터의 움직임이 활발해진 원인을 조사하러 온 거겠지. 그러나 죽었어. 군에서 단련된 조사단도 맥없이 죽는다. 그런 거야. 그래서? 보아하니 마법사 같은데, 그 정도 몬스터에게 고생해서는 자살행위다. 알고 싶은 게 있는데, 너희는 대체 무슨 목적으로 휴잭에 왔지?"

"우리는······ 저기, 제네라우스에 지름길로 가려고."

"······지름길?"

어지간히도 예상 못한 대답이었는지, 남자가 소리 내어 웃었다.

"설마 다리스에서 자유연방으로 가기 위해 휴잭을 가로지르려 했다고? 기가 막히군. 네 녀석은 제정신이 아냐."

"멍청했어요. 생각이 얕았네요."

냉정하게 생각하면, 슈야는 자신이 얼마나 멍청했는지 이해할 수 있었다. 마법학원 바깥에 사는 몬스터는 진짜가 아니었다. 그 몬스터들은 길을 잃고 사람이 사는 영역에 들어온 놈들이다.

그러나, 지금은 입장이 역전됐다.

스스로, 던전하고도 다른 몬스터의 영역에 들어온 것이다.

하지만, 그때는 그것이 가장 옳다고 생각했다. 강해지기 위한 지름길이라고 생각했다. 밤의 어둠 속에서 냉정해진다. 자만하고 있었다.

그는 스로우 데닝처럼, 누군가를 치킬 정도로 힘이 있는 인간이 아니다.

"알리시아. 너를 끌어들여서 미안해……."

"딱히 슈야가 신경 쓸 필요는 없어. 따라가겠다고 정한 건 나니까."

남자가 흥미롭다는 기색으로 두 사람을 바라보길래, 두 사람은 어쩐지 창피해졌다.

"저기…… 이름은."

"이름을 밝힐 생각은 없어."

"그럼…… 혼자인가요?"

보아하니 동료는 없었다.

"나는 싱글 모험가야. 모험가 길드에서 특별 퀘스트를 수주했지. 목적은…… 오크 마을의 궤멸. 그게 그대로 거대해지면 주변 국가에 커다란 위협이 될 거야."

"저기. 오크 마을은 어느 부근에 있나요? 사실 우리가 지도를 가지고 있는데요."

"줘 봐."

남자는 슈야가 꺼낸 지도를 가로채듯 빼앗아갔다.

그러나 한 번 보더니 기가 막힌다는 기색으로 두 사람의 얼굴을 교대로 보았다.

"너희…… 설마, 이런 가짜를 믿었어?"

"어. 하지만, 이게 지금 가장 정확한 지도라고."

"오크는 분명히 몇 개의 촌락으로 분포되는 습성이 있지만, 이 휴책에 모인 오크는 달라. 놈들은 지금 콜린즈 마을이라고 불리던 곳에 한데 모여 있다. 또 데몬은 화이트 성 주변에만 있어. 펜릴은 이미 내가 죽였다…… 그리폰은 놓쳤지만, 그렘린 소굴도 내가 없앴어. 오우거는…… 분명히 화이트 성에 자리를 잡았지만, 케르베로스가 그들을 사역하고 있다. 너희는 진짜 이런 애매한 정보를 바보처럼 솔직하게 믿었어? 정말이지 구제불능이군. 이건 몇 개월 전에는 옳았지만, 이 땅의 정세는 눈 돌아갈 정도로 변화하고 있어. 아무 도움도 안 돼."

잘라 말하더니, 남자는 종이를 찢어 버렸다.

"아아~ 그거 얼마나 비싼 거라고 생각하는데요!"

"내가 너희를 자유연방 국경 부근으로 데려다줄게. 그러면 불만 없지?"

"어, 정말이요?!"

"슈야! ……잠깐! 구해주고…… 국경 부근까지 데려다주는 건 기쁘지만, 이름도 말 못하는 당신을 신용할 수가 없어요."

"당연한 반응이군. 그러나, 너희한테 선택지가 있어? 이 자리에서 다리스로 돌아가려면 그런 웜 한 마리에 대처 못하는 너희는 불가능해."

"그건……."

"너희는 어리석지만, 용기가 있다. 더욱이 내가 구해 줬다는 운도 있어. 버리기엔 아깝지. 그것뿐이야."

그 뒤로, 남자는 입을 다물었다.

어둠의 마법사에게 다가가지 말라는 가르침을 받은 알리시아의 기분이 노골적으로 안 좋아졌지만, 선택지는 없었다.

"오늘은 느긋하게 쉬어. 내가 불침번을 서 주지."

휴잭에 잠입하면, 어떤 실력자라도 몬스터에게 발각되지 않도록 행동한다.

슈야는 그것이 이 땅의 정석, 당연한 거라고 생각했다.

"낮에 만난 블랙 골렘은 두려울 것 없어. 놈들은 밤이 안 되면 본래의 힘을 못 낸다. 슈야, 너는 모험가면서 그런 상식도 모르는 거냐? 골렘은 이렇게."

어, 라……?

지금 골렘의 몸에 올라탔지? 그리고서, 어떻게? 어째서 골렘이 활동을 정지했지? 모르겠다. 모르는 것뿐이다.

이것이 로코모코 선생님이 수업에서 말했던 실전 경험의 차이라는 건가?

"──두개골 안에 존재하는 핵을 파헤치면 죽는다. 힘이 세지만 지능도 낮고 느림보다. 어째서 마법에 의지할 필요가 있지? 슈야, 너는 낭비가 너무 많아. 행동하기 전에 한 번 머리로 생각해라."

휴잭에 잠입한 하루째 슈야 일행은 몬스터에게 발견되면 곧장 마법을 써서 견제했다. 쓰러뜨릴 수 있는 건 마무리를 짓고, 도주에도 마법을 썼다.

자신에게는 마법 말고 다른 공격 방법은 없다고 생각했으니까.

덕분에 이틀째는 지쳐서 그런지 제대로 움직일 수 없었다.

그러나 남자는 마법을 쓰지 않고 창 하나로 몬스터를 처치했다. 골렘의 급소를 정확하게 찌르고, 핵을 부쉈을 때는 놀라움보다도 공포가 앞섰다.

그것은 일방적인 폭력이었다.

"이렇게── 휴잭에는 다종다양한 몬스터가 서식하고 있어. 태반은 북방에서의 투쟁을 피해 도망쳐온 낙오자들이지만, 그래도 이 땅은 일종의 던전이라고 해도 되겠지. 이해했냐, 슈야? 섣불리 괜히 마법을 영창하는 건 반편이만도 못하다. 언제나 힘을 온존하기 위해서, 마법에 의지하는 건 최소한으로 해 둬라. 오히려 전장에 마법을 연발해야만 하는 적들만 있다면, 자신의 힘이 부족한 거라고 생각해라."

이름도 신분도 가르쳐 주지 않는다.

그러나…… 너무나 굉장하다. 알리시아는 수상하다고 하지만, 이 사람은 위험하다. 모험가이면서 존경하는 사람은 잔뜩 만난 적이 있지만, 이런 이질적인 사람은 처음이었다.

종국에는 남자의 모습을 보면 몬스터가 도망갔다.

남자는 마치 이 땅에 있는 어떤 몬스터도 자신의 적이 될 수 없다는 압도적인 자신감이 있는 것 같았다. 그러나 실제로 그러니까 말도 안 나온다.

슈야는 하늘에 머무르는 몬스터를 발견하고서 한 번 다리에 힘이 풀릴뻔했다.

고위 몬스터, 하늘의 포식자.[그리폰]

지능이 높고, 하늘에서 강습해오는 공격은 대단히 위험하다. 피하는 것은 거의 불가능.

그러나 이쪽을 살피기만 하고 공격하는 기색도 없다. 남자는 한 번 놈을 죽일 뻔했지만, 도망쳤다고 했다. 그래서 저 그리폰은 저렇게 나를 죽일 기회를 노리는 거라고 웃으며 말했다.

그 뒤로도 슈야가 절대 만나기 싫다고 생각했던 골렘을, 켄타우로스를, 만약 기척을 느끼면 곧장 도망치자고 마음먹은 몬스터를 해치운다.

커다란 나무의 줄기마저도 간단히 조여 버릴 것 같은 바실리스크가 꼼짝도 안 한다. 슈야와 알리시아가 뱀 앞의 개구리 상태로 굳어 있는데, 바실리스크는 어둠 속에서 남자와 시선을 마주치더니 서서히 도망쳤다. 뭐야? 어떻게 된 건데.

"봤냐? 슈야. 저게 시선으로 사람을 죽인다는 바실리스크야. 휴잭에 있는 몬스터 따위는 진짜가 아니라고 말한 의미를 알겠지?"

"……."

이게, 뭐야? 전혀 이해가 안 돼.

그렇지만, 동경했다. 동경하지 않을 리 없었다.

슈야는 힘을 바라고 있었다. 힘을 얻기 위해서 제네라우스로 가고 있었으니까.

제네라우스에서 경험을 쌓는 것보다, 이 남자를 따라가는 편이 강해지는 지름길이 아닐까 생각했지만, 남자는 아무것도 가르쳐 주지 않았다.

"제자? 슈야, 무슨 얼빠진 소리를 하고 있어."

그렇게 말하면서 상대해 주지도 않았다.

그래도 길을 가면서, 남자는 가르쳐 주었다.

모험가의 마음가짐을.

슈야의 마법보다도 재빨리 어둠이 덮친다. 처음 보는 어둠의 마법. 그렇지만 몬스터를 붙들어 둘 뿐이다. 효과는 그것밖에 없다. 분명 이것저것 다른 마법을 쓸 수 있을 텐데.

"저기, 지팡이를 가지고 다니지 않네요?"

"안 가지고 다녀. 그렇다기보다 써 본 적이 없네. 그 표정은 뭐야? ……그래. 이쪽에선 그게 일반적이군. 그러나 다리스의 로열 나이트들도 지팡이를 안 가지고 다닐 텐데. 놈들이 가진 건 검을 모방한 지팡이, 나랑 전혀 다를 게 없어."

"다를 게 없다뇨……. 그러면 당신의 그 나이프는 설마 마법 광석으로…… 아니, 그런 거군요…………. 하아, 대체 정체가 뭐예요?"

"나도 너희의 정체에 대해서 안 물어보잖아. 피차일반이야. 그런데 어째서 그렇게 지팡이를 고집하지? 수많은 마법사의 지팡이는 정령이 좋아한다는 돌넴 대삼림에서 베어낸 나무들로 만들지만, 효율적이지도 않잖아."

"그건 외도랍니다. 지팡이는 지팡이라는 형태를 가지기에 귀족으로서 의미를 가져요."

"과연. 네 의견은 참으로 체제 쪽 인간다운 의견이야. 하지만 딱히 상관없잖아──. 마법 광석을 쓰면 그게 지팡이 대용이 된다고."

"마법 광석은 일반 시민이 손댈 수 있는 게 아니에요. ……슈야, 어째서 입을 다문 거야? 네 집안의 격으로는 지팡이 없이 싸울 수 있을 리 없잖아……. 슈야?"

……계속 의문이었다.

마법사라고 하면 지팡이. 그게 상식이다. 하지만 저 사람은 지팡이가 없는 게 무슨 대수냐고 말한다. 기사국가의 로열 나이트. 우수한 마법사를 기사로 재교육하여 왕실을 지키는 방패로 삼는다. 긍지를 가슴에 품고서 지팡이 검을 지니는 마법 기사. 그것은 슈야도 언젠가 그렇게 되고 싶다고 생각하는 이 상적인 형태 중 하나다. 알리시아에겐 말해도 모른다. 이 녀석은…… 마법학원에서도 일단은 우등생 부류에 들어가니까.

"……알고 있어. 시끄럽긴. 하지만, 저기. 그렇다면 그 나이 프는 마법 광석을 썼다는 말이죠?"

남자는 미약하게 입가를 끌어 올리기만 했다. 아마도 긍정 이다. 하지만 말은 안 한다. 정말로 신기한 사람이다. 강하지 만 아무 말도 안 한다. 혼자서 오크 킹의 마을을 궤멸하겠다고 할 정도니, 범상치 않다.

"그러나 슈야. 너는 자질이 좋아. 싸우는 건 누구한테 배웠 지? 모험가가 가르친 건 아닌데."

"……가정교사한테, 일단 기본만요."

"가정교사? 남쪽에서는 전투 훈련의 가정교사가 있나?"

"사실 나는 귀족이에요. 다리스의…… 작위는 안 높지만."

남자의 눈이 동그래졌다.

알리시아는 슈야의 등을 찔렀다. 신분은 비밀이었을 것이 다. 귀찮은 일에 말려들지 않도록 자신들은 마법을 쓸 수 있는 평민으로 위장한다. 그렇게 약속했다.

귀족이라고 말하면 몸값을 요구할 수도 있다. 서키스타에서 는 던전 안에서 왕족을 구한 모험가가 거금을 내놓으라며 요

구한 적도 있었다.

"기사국가 다리스의 귀족이라…… 뭐 안심해. 나는 전혀 흥미가 없어."

슈야는 남자가 자신의 신분을 알고도 태도를 바꾸지 않는 것이 기뻤다.

목적지로 가는 여행은 한마디로 말해서 순조로웠다.

남자는 몇 개월 동안 휴책에 살고 있었다고 하며, 그 탓인지 몬스터의 기척에 대단히 민감했다. 발자국이나 구역을 가리키는 흔적을 주시하며 가르쳐 주었다. 밤에도 경계를 위해서 불침번을 섰다. 그러다가 때때로 위험한 몬스터가 있다는 걸 알고서는 사라져서 퇴치해 준다.

공포밖에 없던 길은, 안도가 마음의 절반을 차지하게 되었다.

그렇지만 남자는 오크의 모습을 보더니 경계를 강화했다.

"오크! 나도 오크 정도는!"

"휴책의 오크는 아직 손대지 마."

"……어째서, 오크한테 손대면 안 되는데요?"

"내 목적인 오크 마을이 있어. 그 마을의 오크한테 손을 대면 놈들이 경계해서 북쪽으로 도망칠지도 몰라. 그건 피하고 싶다. 오크 마을은 더 살을 찌운 다음에…… 일망타진한다. 휴잭 전체의 몬스터가 모여 준다면 고맙겠지만……. 그리고 오크 마법사라는 별종도 나타났다고 하던데."

"……오크 마법사?"

"오크면서 마법을 쓸 수 있다는 이상한 개체야."

사나운 웃음을 보고, 남자를 따르는 슈야마저도 간담이 서늘해졌다.

어둠의 마법사라고 해서 그렇게까지 노골적인 태도를 취하지 않아도 괜찮지 않을까? 알리시아는 노골적으로 경계하고 있었다.

대체 이 남자의 정체가 뭘까? 아무리 생각해도 대답이 나오지 않았다.

"이대로 가면 모레 저녁쯤에는 자유연방쪽 국경에 도착할 거야, 알리시아."

"……그렇네."

밤에, 안전을 느낄 수 있으리라고는 생각지 못했다.

설령 민가 안에 숨어 있다고 해도, 몬스터가 들어올 가능성은 버릴 수 없다. 그러나 지금은 남자가 부근을 경계하러 나서 주었다.

덕분에 두 사람은 안심하고 이야기를 할 수 있었다.

그러나 알리시아는 그 남자에게 다가서기 어려운 분위기를 느끼지 않을 수 없었다.

"슈야, 마지막까지 긴장을 늦추면 안 돼."

"너 말야. 아무리 그래도 너무 경계하는 거 아냐? 도움만 받고 있는데."

"왜냐면, 그 남자…… 정말 이상해. 가끔 남방의 인간이 아닌 것 같은 말투에다, 모험가인데 제네라우스의 던전도 잘 모르다니……. 그리고 지팡이가 아닌 걸 쓰는 건 외도야. 분명 제대로 된 인간이 아냐."

"로열 나이트도 지팡이검을 쓰잖아. 그 가디언도 지팡이가 아니라 인챈트 소드고."

"로열 나이트도 가디언도 본래는 다리스의 귀족. 그에 따른 훈련을 받았어. 자신의 내력을 모두 이야기하지 않는 것도, 뭔가 켕기는 구석이 있는 게 틀림없어."

"그건 너도 마찬가지잖아."

"나는 입장이 있는걸. 모험가라는 것도 수상해. 그리고 알겠어? 저 남자는 마법 광석으로 만들어진 무기를 가지고 있는데 모험가로서는 무명이잖아? 이상해, 저 무기가 어느 정도 가치가 있는지 알아? 어쩌면 로열 나이트가 쓰는 무기보다 굉장할지도 몰라."

"……모험가 중에 숨겨진 영웅이 있어도 이상하지 않잖아. 적어도 저 사람은 강해. 그리고 우리는 지금 도움을 받고 있어. 나쁜 사람은 아니잖아."

"그러니까 기분 나쁜 거야. 아무 대가도 없이 우리를 도와주다니, 변덕치고는 정도가 지나쳐."

"……."

슈야는 알리시아의 충고가 하나도 머리에 들어오지 않았다.

학원에 있으면서, 강해질 수 있을까 계속 의문이었다. 영지가 맞닿은 그레이트로드와 말다툼을 하고, 그 돼지 공작과 싸움을 한다. 그런 매일이 즐거웠지만, 강함으로는 이어지지 않는다. 지금 저 사람의 움직임과 삶을 흉내 낸다면.

슈야는 그것이, 강해지기 위한 비결이라는 생각이 들었다. 그렇지만 알리시아가 불안하게 생각하는 마음도 충분히 이해할 수 있다. 그래서──.

"……알았어. 그러면 내일 아침에 헤어지자. 아무리 그래도 여기까지 오면 이제는 우리 힘으로 자유연방에 갈 수 있으니까. 그러면 되지?"

알리시아는 마지못해 고개를 끄덕였다.

둘 다, 자신들의 대화가 그에게 다 들린다는 것은 상상도 못 했다.

고고한 남자는 커다란 나무의 굵은 나뭇가지에 앉아서 볼에 상쾌한 바람을 받고 있었다.

잠에 빠진 두 사람의 숨소리를 확인하고 마법을 끊었다.

"──어둠의 마법은 너희가 생각하는 것보다도 훨씬 심오하고 편리하거든. 그런데…… 그렇게까지 신뢰를 받으면 독기가 빠지네."

……특히 슈야.

그 녀석은 자신을 맹목적으로 신뢰하고, 지금은 완전히 안심한 표정으로 자고 있을 것이다. 도가 지나친 바보다. 몬스터가 넘치는 지금의 휴객에서 다른 이를 염려하는 사람 좋은 존재가 있을 리 없잖아.

"북쪽과 남쪽은 모든 것이 너무나 달라. 학식이 없는 나도 저 녀석들 나이에 그렇게 물정을 모르지는 않았는데……."

그러나, 싫어할 수는 없었다. 귀족 출생치고는 끈기가 대단해서 봐줄 만하다.

그렇기에 즐거웠다. 자신을 모험가라고 믿는 그 녀석에게 진실을 말하면 어떻게 될까?

자신은 기사국가로 따지면── 공작 가문의 직계에도 필적하는 권력자.

"어둠의 대정령이 무지한 나를 구한 것처럼, 내가 너를 구하는 이유도 변덕……. 역시 이유를 찾기는 어렵네."

남자는 슈야와 자신을 겹쳐서 보고 있었다.

과거에는 북방을 넘나드는 암살자였던 과거를 가진 도스톨 군인.

그러나 젊었을 때 무모한 짓을 한 끝에 벗어날 수 없는 죽음과 만났다가, 상위자의 변덕으로 운명이 바뀐 과거를 가진 남자.

만약 미래가 변한 순간이 있다면, 그날 그때가 모든 것이 틀림없었다.

"어느 쪽이든, 이대로는 일방적인 유린이니까——."
_{원 사이드 게임}

홀로 전장을 달렸고, 단독으로 돌파한 미궁의 수는 한 손으로도 부족하다.

북쪽 사회에서 암살자로 이름을 떨친 남자는 마인을 쓰러뜨려 더욱이 명성을 올렸다.

처음으로 고블린을 쓰러뜨렸을 때의 달성감, 처음으로 오크 솔저를 쓰러뜨렸을 때 느낀 성장의 실감. 처음으로 아이스 골렘을 쓰러뜨렸을 때의 고양감. 그리고 한 마리의 길 잃은 마인을 쓰러뜨렸을 때, 드디어 그는 도스톨 제국의 군인이 됐다.

몸에 새겨진 훈장과 함께 생사의 틈으로 떨어졌지만, 그래도 남자의 인생은 그날을 경계로 반전됐다.

"슈야, 찬스는 주마. 네가 내 정체를, 내 역할을 깨닫고 나를 죽이면 운명은 바뀐다. 그러나 모든 것은 가정을 벗어날 수 없어. 그런 편리한 기적은 일어나 주지 않아. 너는 내 진실을 아무것도 깨닫지 못했어. 그게 마땅한 미래다."

고작 한 소녀의 목숨치고는 막대한 돈이 움직였다.

그러나 의문을 품지 않았다. 소녀가 제국의 중요 인물 관계자라면, 원한을 가진 자는 쓸어 담을 정도로 존재한다. 그리고 청년에게도 힘을 전면에 내세우는 제국의 방식은 마음에 안 들었다. 그래서 청년은 실행범이 되어 그녀의 암살을 실행했다. 제도에서 정체를 숨기고 몰래 길거리에 나선 대상에게 다가갔다. 그녀는 무방비, 필살의 마법을 쓸 필요도 느껴지지 않았다.

　그리고 청년은 현실과 동떨어진 아름다움을 가진 소녀에게 굴복했다.

　무슨 일이 일어났는지도 이해 못하고, 땅을 기면서 그 자리에서 이탈하려다── 그녀의 정체를 이해한 순간, 청년은 모든 것을 포기했다. 그렇다. 이제 끝장이라는 걸 깨달았다. 자신이 목숨을 노린 소녀는── 그 어둠의 대정령, 나나트리쥬였기에.

　"이렇게 틈을 보이고 있는데도── 아직 안 나오다니. 너희는 겁쟁이냐? 나와라. 계속 내 뒤를 따라다닌 건 알고 있다."

　남자는 가지에서 뛰어내려 어려울 것 없이 착지하더니, 어둠 속으로 말을 걸었다.

　빛이 안 닿는, 검은 안개 속에 꿈틀거리는 기척이 있었다.

　며칠 전부터 몇 명의 인간이 자신을 쫓고 있었다. 그 두 사람은 눈치 못 챘겠지만, 남자에게는 다 들켰다.

　아마도 자유연방의 모험가다.

　역시나. 안개 속에서 슥 나타난 그림자를 본 남자는 중얼거렸다.

　"이 정도로 판박이라면 변명은 소용없다. 귀공은 요즘 들어 휴책을 어지럽히고 있는 무사가 틀림없겠지."

"글쎄, 착각일지도 모르지."

"……어디서 휴객으로 들어왔는지는 안 묻겠다. 내 이름은 A급 모험가, 카타나. 제네라우스에서 받은 특별 퀘스트에 따라 이제부터 귀공을 토벌하겠다."

"제네라우스의 길드 마스터라면, 홍련의 눈동자로군. 과연 S급 모험가쯤 되면 보는 눈이 있네. 내 정체를 눈치채다니, 드디어 기골이 있는 녀석을 보냈어. 하지만 이봐. 저쪽에서 어린애들이 자고 있거든. 조용히 부탁할게?"

"……죽여라. 울트라 레드는 저자를 없애는 사람에게 막대한 포상을 약속했다."

모험가 파티가 소리 없이 사라지고, 전투가 시작됐다.

도스톨 제국의 군인.

루니 블로우는 자신을 포획하려고 온 제네라우스의 A급 모험가 파티를 향해서 송곳니를 드러냈다.

그러나 슈야 뉴케른과 알리시아 브라 디아 서키스타는, 바깥에서 전투가 일어났으리라고는 꿈에도 생각지 못했다.

"이제부터 둘이서 간다니…… 슈야, 진심이냐?"

"네. 어젯밤에 이야기해서 정했어요. 우리도 계속 어리광을 부리고 있을 수는 없으니까요. 몬스터에 대한 대처도, 위기 감지도 조금은 할 수 있게 됐어요. 괜한 싸움은 피하면서, 국경으로 가겠어요."

"……그래. 마음대로 해."

여기서부터는 자신들이라도 갈 수 있다고 슈야는 선언했다.

자유연방의 국경으로 다가가면 갈수록 몬스터의 수는 줄어들고 나오는 몬스터의 레벨이 낮아진다. 또 위험한 꼴을 당할 가능성이 없다고 할 수는 없지만, 자신들의 약함을 자각한 지금이라면 전보다 훨씬 안전하게 휴책을 답파할 수 있을 것이다.

"……라고 말하고 싶지만, 아직 위험지대를 빠져나간 게 아냐. 헤어지는 건 내일 아침으로 해라."

남자는 처음 만났을 무렵보다 명백하게 듬직해진 두 사람을 보고 눈웃음을 지었다.

헤어지는 날 밤.

지금까지는 운 좋게 버려진 민가를 찾을 수 있었지만, 밖에서 쉬는 건 처음이었다. 물의 마법으로 간단하게 때를 씻어 정화하고, 모닥불을 가만히 바라본다. 딱딱한 땅바닥 위에서 자는 건 처음이라 기분이 우울했던 알리시아는, 갑자기 일어선 슈야에게 말을 걸었다.

"슈야, 어디 가?"

"아까 모험가의 시체를 발견했잖아. 공양하고 올게."

휴책에는 때때로 모험가나 병사의 시체가 들판에 방치된 게 보인다. 이 세상은 약육강식이라는 것을 눈앞에 들이미는 순간이다.

그때마다 슈야는 불의 마법을 써서 시체를 공양했다. 사람의 세상이 아닌 몬스터의 세상. 자신들도 저 사람과 만나지 않았다면 이렇게 될 가능성이 있었다.

"그럼 알리시아. 나는 좀 다녀올게."

슈야는 안개 속으로 사라졌다.

모닥불을 둘러싸고, 알리시아는 슈야가 돌아오길 기다렸다. 남자는 딱 필요한 말밖에 안 한다. 따라서 남자를 따르는 슈야가 없으면 침묵밖에 없다.

알리시아는 슈야가 그러는 만큼 이 남자를 신뢰하지는 않았다.

"네 생각이 맞아. 저 녀석은 너무 물러."

"어."

"듣도 보도 못한 모험가 따위는 그냥 내버려 둬야 한다는 말이야. 녀석들은 죽음을 각오하고 휴잭에 왔다. 그리고 목숨을 구해 줬다고 나를 너무 믿는 점도 그렇지."

생각을 다 들킨 것 같아서 알리시아는 오싹해졌다.

"나한테 다리스 귀족이라고 털어놓은 것도 생각이 얕아——."

남자는 필요 이상의 대화를 좋아하지 않는 모양이라, 그 이상은 말하지 않았다.

결국 알리시아는 슈야 정도로 남자를 신뢰할 수 없었다.

이 남자는 너무나도 무서운 어둠의 마법사. 역시 신뢰할 수 없다. 그것이 알리시아가 내린 결론이다.

물론 구해 줘서 고맙기는 하다. 국경 부근까지 바래다주는 것도, 사실은 그냥 엄청나게 사람이 좋을 가능성도 있다. 그래서 언젠가. 서키스타에 왔을 때는 자기 나름대로 대접해줄 생각 역시 있다. 다만 세피스나 노페이스의 싸움에 휘말린 영향도 있어서 거리를 두자고 생각한 것이다.

그때는 그 녀석이 도와줬지만, 지금은 근처에 없으니까.

그러고 보니 그 녀석은 지금 뭘 하고 있을까? 여왕 폐하가 다리스의 왕성으로 초대했다는 소문을 들었다. 그 녀석…… 내가 휴잭에 있다는 걸 알면 걱정해 줄까? 꾸벅꾸벅. 불의 따스함을 느끼면서 신경 쓰이는 그에 대해 생각하느라, 슈야가 돌아온 것도 금방 깨닫지 못했다.

"알리시아, 이 녀석한테서 떨어져."

"……슈야?"

그루터기에 앉아 있는 남자를 내려다보며, 슈야는 마법이 걸린 종이를 들어서 보였다.

지금까지의 무드가 확 바뀌었다.

상태가 이상하다.

"휴잭에 잠입해서, 병사나 마법사를 죽이고 있는 도스톨 제국 인간을 치라는 특별 퀘스트야! 봐, 당신이랑 똑같아!"

"……묘하군. 내 얼굴을 본 모험가는 모두 죽였을 텐데——."

모험가 길드의 길드 마스터가 지정하는 특별 퀘스트. 태반이 던전에 나타난 성가신 몬스터의 토벌이지만, 가끔 나라에서 범죄자의 포박이나 살해를 요청하여 모험가 길드가 특별히 수배한다. 슈야가 가진 종이에는 몬스터가 아니라 인간의 얼굴이 그려져 있었다. 뭘 잘못 본 게 아닌가 싶어서 알리시아는 다시 확인했지만, 거기 있는 인물과 모닥불에 비친 남자의 얼굴은 완전히 일치했다.

알리시아의 몸이 굳었다. 자연스레 손이 떨리고 시야가 흔들렸다.

여기까지 와서, 드디어 소년소녀는 깨달았다.

자신들이 지금까지, 누구랑 함께 있었는지. 얼마나 위험한 남자에게 보호를 받았는지.

"마지막의 마지막에 와서 깨닫다니……. 슈야, 너도 뜻밖에 운이 없다. 난 말이지, 너를 위해서 이름도 말 안하고 여기까지 데려왔거든. 네가 성장하여 전장에서 만나면 재미있을 거라 생각해서."

남자의 웃음소리가 밤의 휴잭에 울리고, 턱을 쓰다듬는 남자의 모습이 마치 가면을 벗은 것 같았다.

"그러나 이제 와서 캐묻는 것에 어떤 의미가 있지! 네가 가진 그것에 전부 써 있을 텐데!"

제네라우스로 가는 도중에.

애니판 주인공 슈야 뉴케른은 이렇게 숙적과 만났다.

3장 영웅의 씨앗

기다려, 기다려 봐.

잠깐잠깐잠깐잠깐, 그거 흘려들을 수가 없는데―― 그리폰, 너 지금.

그 루니한테 동료가 있다고 했냐!

"이상하네. 계속 단독으로 움직였는데, 이제 와서 동료가 생겼어?"

"사람이 둘. 마법사입니다만…… 동료라고 해도 될지 판단하기 어렵습니다."

"어이, 이글. 너는 다 봤을 거 아냐. 대체 무슨 일이 일어났는지 가르쳐 줘!"

"오크 따위가 우리 이야기에 끼어들다니…… 주제를 알아라."

"상관없어, 이글. 대답해 줘."

뭐야뭐야뭐야. 부히타가 말한 것처럼 콧대가 높으신 몬스터구만!

오크니까 무능하다고 생각하는 거냐!

"……며칠 전, 두 사람이 다리스에서 흉객으로 침입. 보고를 들어 보니 다리스의 병사나 숙련된 모험가 같지는 않습니다. 두 사람은 민가를 어지럽히지도 않고, 모험가처럼 몬스터를 공격하지도 않으며, 이 땅에 숨어든 의도는 불명. 판단을 망설이고 있는 사이에 웜이 그들을 공격했습니다만…… 그 남자가 둘을 구해 준 뒤로 함께 행동하고 있습니다."

"그렇게 인간을 살육한 악마가 인간을 구하다니, 이상한 일도 다 있네."

"그 녀석들, 사람의 아이 둘의 특징을 가르쳐 줘."

"……."

"이글! 심술 그만 부리라고 말했잖아!"

"투명한 수정을 가진 붉은 머리 소년과 황갈색 머리를 가진 소녀다."

"큭."

"스로부? 왜 그래? 낯빛이 안 좋은데……?"

"아니야, 에어리스."

악마한테 동료는 없다. 있을 리가 없어.

자신이 따르는 나나트리쥬 말고는 아무도 안 믿는 고고한 존재.

그 남자가 동료를 만들 리가 없어.

"이글, 그래서 악마와 동료는 지금 어디로 가고 있어?"

거기서부터 에어리스와 이글이 나누는 이야기는—— 머릿속에 들어오지 않았다.

왜냐면 이글이 말하는 특징이 내가 잘 아는 그 녀석들과 일치한다.

슈야와 알리시아가—— 도스톨 제국의 군인과 함께 행동하고 있다.

"에어리스 님. 어떻게 할까요?"

"그렇네. 고민스러운 문제지만……."

나는 지금 스스로 운명을 비틀어서, 그 녀석이 있어야 마땅한 장소에 서 있다.

그 영향이 혹시 어디선가 나타나는 게 아닐까 생각은 했다.

하지만 어째서 그 녀석들이 휴젝에 왔지? 애니메이션이랑 마찬가지로, 제네라우스에 가는 지름길로 이 나라를 고른 건가?

아니, 그건 이상해. 지금 슈야에겐 제네라우스에 갈 이유가 없으니까.

"이글—— 그러면."

"——악마와 사람의 아이—— 사람의 아이가—— 인식하기 전에—— 은 가능합니다만, 그것을——."

왜냐면 슈야, 애니메이션 속의 네가 힘을 바란 이유는 그거잖아?

알리시아와 학원을 빠져나갔다가 몬스터에게 습격을 받아서, 축지로 달려온 로코모코 선생님이 간발의 차이로 구해줬다. 그 이벤트가 일어나기 전에 학원이 장기휴가에 들어갔으니까, 선생님의 과거를 흉내 내어 제네라우스에서 실력을 시험할 필요 따위 없잖아!

"────위험하네. 상공에서──── 와 악마의──."

"──."

그리고 슈야. 지금 너랑 같이 있는 그 녀석은 적이라고! 분명히 너는 애니메이션에서 루니의 마음에 들긴 했지만…… 무슨 일이 있었다고 함께 행동하는 건데!

……후우, 한차례 머릿속으로 슈야에게 소리를 쳤더니 머리가 상큼해졌다.

"──에어리스. 악마와 함께 행동하고 있는 인간들에게는 손대지 말아 줘."

"오크. 네가 우리에게 지시할 수 있는 입장이라고 생각하나? 그리고 아까부터 네가 뭐라도 된다고 생각하나? 히드라를 쓰러뜨린 정도로 우쭐하지 마라."

그냥 오크가 이 휴잭을 지배하는 픽시와, 그녀를 지탱하는 이글에게 대등하게 말을 걸고, 하물며 명령을 하고 있으니까.

이글이 노골적으로 혐오감을 드러내지만, 신경 쓸 때가 아니다.

이제부터 내가 하는 말에 그 녀석들의 운명이 걸려 있으니까.

"인간 병사뿐 아니라 모험가도 죽인 남자가, 이제 와서 자신의 발목을 잡는 사람을 동료로 삼지는 않을 거야. 그리고 함께 행동하고 있다고 해서 동료라고 장담할 수도 없잖아. 이글, 네가 오크인 나를 동료라고 생각하지 않는 것처럼."

"허어, 분명히 맞는 말이다. 깨닫고 있었군."

"……참 싫은 녀석이네. 하지만 네 말이 진실이라면, 악마는 사람을 데리고 자유연방에 가고 있잖아. 이대로 참고 있으면 앞으로 며칠이면 이 땅에서 사라질지도 몰라. 늑대인간 울브즈 일족이 전멸한 지금, 더 이상 목숨을 낭비하지 마. 손댔다가는 도리어 당한다."

"오크 마법사…… 너는 상당히 악마에 대해 잘 알고 있군."

"그래. 왜냐면 나는 악마를 쓰러뜨리기 위해서 이 땅에 왔으니까——."

그런 다음, 이글은 더 말할 것이 없다는 듯 나를 완전히 무시했다.

그렇지만 이야기는 대강 내 의도대로 진행됐다고 해도 된다.

악마의 무서움, 그 힘을 몬스터 중에서도 가장 잘 알고 있는 건 이글이다. 녀석만 악마를 공격하고도 살아남았다.

녀석은 에어리스에게 악마와 싸우는 무서움을 말하고, 일시적으로 북쪽에 돌아가야 한다고 제안했다. 그러나 에어리스는 오크 마을을 버릴 생각이 없다고 단호하게 거부했다. 에어리스가 몬스터의 힘을 집결시키면 악마를 이길 수 있다고 말하여, 이글은 상공에서 다시 악마를 계속 감시하게 됐다.

"울불즈, 전멸했다꿀⋯⋯."

"울브즈다꿀. 하지만 그 녀석들도 못 이긴다면 오크인 우리도 어차피 악마한테 죽을 거다꿀. 아무래도 좋아졌다꿀."

슈야와 알리시아 건은 어떻게 무사히 지나갔다.

애당초 악마를 감시하고 있는 이글에게 녀석을 공격할 의사가 없는 게 크다. 언제나 악마의 일거수일투족을 감시하고 있는 그 녀석은 누구보다도 놈의 강함을 정확하게 이해하고 있다.

그러나⋯⋯ 초조했다. 애당초 애니메이션 전개를 알고 있는 나이기에, 그 녀석들의 행동이 이상한 걸 알 수 있다.

휴잭이라고, 휴잭.

이렇게 오래 지냈는데 인간 한 명도 안 보인단 말이다. 거기에 침입하다니, 목숨이 아까운 줄 모르는 것도 정도가 있어야지. 피크닉도 아니고.

"스로우 님, 보세요⋯⋯. 오크 마을이⋯⋯⋯⋯."

"초상집 상태구나."

다들 화이트 성의 몬스터는 난폭해서 싫다고 하면서도, 마음속 어디선가 기대했던 것이다. 어쩌면 악마를 쓰러뜨려 줄지도 모른다고.

하지만, 늑대인간들은 전멸이라는 최악의 결과로 끝나 버렸다.

북방으로 도망치는 편이 좋지 않을까꿀? 전혀 낙원이 아니었다꿀. 그런 의견도 들릴 정도로 놈들이 전멸한 것은 오크 마을에 어두운 그림자를 드리웠다.

——그런데도, 그 뒤로 며칠이 지난 아침.

쿵쿵! 쿵쿵쿵!

"스로부! 일어나라꿀~!"

쿵쿵쿵! 쿵쿵쿵!

"다친 사람이 있다꿀! 세 집 옆의 분타카가 허리를 삐었다꿀! 우리는 어떻게 못한다꿀! 고쳐줘라꿀~!"

쿵쿵쿵쿵! 쿵쿵쿵쿵!

"스로부! 일어나라꿀! 아침이다꿀."

쾅쾅 문을 두드리고, 꿀꿀 시끄럽다. 뭔데? 오크 마법사를 얼마나 혹사할 셈인데?"

그리고 아침 아냐.

아직 밤이다! 그리고 노크의 리듬을 바꾸지 마, 오크 주제에!

"……정말이지. 저 녀석들은."

늑대인간 울브즈가 전멸했다고 축 늘어졌나 싶더라니, 금방 이렇다. 무슨 일이 있으면 스로부라면서 찾아온다.

덕분에 나는 잠이 부족하다.

일어서자, 옆 침대에서 자고 있는 샬롯이 끙끙대고 있었다.

지난 며칠 에어리스는 동료를 모을 찬스가 지금밖에 없다면서 휴잭을 돌아다녔고, 샬롯도 집에 돌아오는 시간이 늦어졌다. 나는 둘이 걱정되지만, 에어리스 말로는 늑대인간 울브즈가 전멸하여 화이트 성 주변에 커다란 파워 밸런스의 변화가 생겨서 놈들과 협력할 가능성도 생겼다고 했다.

"어이! 밤에는 조용히 하라고 했잖아! 샬롯이 자고 있다고!"

"스로부! 할아버지가 넘어져서 무릎이 까졌다꿀! 큰일이다꿀!"

밖으로 나가자 평소처럼 시끄러운 오크 킹이 어둠 속에 우두커니 서 있었다.

눈에 띄게 핼쑥하다……. 이 녀석, 잠을 안 잤군.

억지로 밝은 척——이군.

오크 마을을 맡은 오크 킹이니까 일부러 밝게 행동하는 건가.

"……그래 그래, 알았어."

그래서 나는 오크 킹의 분위기에 맞춰 주기로 했다.

수많은 오크가 줄을 서서 "힐을 걸어줘꿀~."이라고 입을 모아 말했다.

그렇지만 늘어선 녀석들이 모두 병에 걸렸거나 다쳤다거나 한 아니다. 늑대인간 울브즈가 전멸하기 전에 그 즐거웠던 무렵을 떠올리고 싶은 것뿐이겠지.

"힐은 기분 좋아서 굉장하구먼꿀."

"스로부! 아픈 게 사라졌다꿀!"

"스로부는 오크 마법사다꿀."

"스로부는 오크 의사로구나꿀."

그러나 그렇게 꿀꿀거리며 울부짖고 있는데, 참 태평한 녀석들이다. 게다가 다른 집에서도 꿀꿀이 씨들이 나오고 또 나온다. ……이 녀석들 어째 좀비 같군.

그러나 인기가 있어도 전혀 기쁘질 않아.

왜냐면 오크잖아.

"쿠오오오오오오오오오. 나한테도 힐을 걸어줘쿠오오오오오."

"이 녀석은…… 처음 보는데."

내 소문이 휴잭 전체에 퍼졌는지, 몬스터가 점점 더 몰려든다. 그것도 상당히 많다. 아, 저기 있는 거 좀비네?

좀비한테 힐 걸어도, 되나? 이미지가 좀. 하지만 좀비 차례가 왔으니까 일단 걸어 줬다. 앗, 어쩐지 기분 좋아 보이네.

역시 울브즈 녀석들이 전멸해서 외톨이처럼 살고 있던 몬스터에게도 영향을 준 모양이다.

좀비나 스켈레톤처럼, 명백하게 지금까지 이 마을에서 안 보이던 몬스터들은 물론이고 그렘린이나 고블린, 명백하게 오크를 깔보는 몬스터들도 언뜻 보인다.

"아, 스켈레톤이 새치기했다꿀. 너, 줄 끝으로 가라꿀."

"새치기 안 된다꿀."

"좀비한테 힐 걸어도 되냐꿀?"

"몰라꿀."

……그런데 내 존재가 이 나라에 있는 몬스터들한테 너무 알려진 거 아냐?

그러고 있으니, 어느샌가 낮이 됐다.

"스로부가 또 밥 제일 먼저로구먼꿀."

"스로부는 마법사니까 괜찮다꿀. 우리 손자도 감기 걸린 걸 스로부가 고쳐줬다꿀. 나무아미타꿀."

"쿠오오오오오오오. 또, 힐 걸어줘어쿠오오오오."

그러나 오크 마법사가 오크 의사로 잡 체인지할 줄은 몰랐다~! 자자, 비켜라 비켜~!!

새? 돼지? 아니, 역시 돼지는 아니야. 어떻게 생각해도 동족 포식이라니까.

뭐 맛이 좋으면 아무래도 좋지만.

이런 인간의 기척도 없는 장소에서 배불리 먹을 수 있는 게 얼마나 고마운지. 실제로 나랑 샬롯이 휴잭에서 가장 걱정한 것은 식사 문제다. 그래서 다리스의 국경 부근에서 내가 마법 진에 열중하는 동안 샬롯은 먹을 수 있는 산나물 정보가 적힌 책에 빠져 있었다.

그러나 몬스터 주제에 좋은 거 먹는다니까. 저 녀석들, 방치해 둔 가옥에 남아 있던 보존식을 먹고선 눈이 번쩍 뜨여서.

"이 맛있는 거 뭐야꾸우우울!"

하면서 식사에 눈을 뜬 모양이다. 더욱이, 요즘에는 언제나 신세를 지고 있으니까 여러 종류의 몬스터가 나한테 공물을 가져오기 시작하면서, 내 식생활은 생각보다 풍부해졌다.

"……아까부터 계속 걸렸는데, 저 녀석들 뭐 만들고 있어?"

어쩐지.

마을 중심에 거대한 흙덩어리가 생겨 있는데요.

오크의 할아버지 녀석들이 지시를 내려 오크들이 일하고, 더욱이 오크가 아닌 몬스터도 협력하고 있었다. 공통점은 다들 내가 힐로 치료해 주거나, 곤란한 일을 해결해 준 녀석들이란 거다. 가끔 심심풀이로 뭔가 시작한 줄 알았는데, 며칠 작업을 하더니 흙더미에서 드디어 윤곽이 생겨서, 이제야 간신히 다들 뭘 만들고 있는지 깨달았다.

"오크 마을에 나타난 스로부의 조각상이다꾸울!"

"샘을 깨끗하게 해준 답례다꿀! 다들 감사하고 있다꿀."

"부끄럽다니까……. 난 그렇게 대단한 일을 한 것도 아닌데……."

휴책은 이미 그들에게 안식의 땅이 아니게 됐다.

그런 울분을 풀듯, 놈들은 내 조각상을 만드는 데 열중하고 있었다.

저런 꼴사나운 조각상을 샬롯이 보면 어떻게 생각할까? 싫다, 거참 부끄럽게. 하지만 만드는 걸 관두라고 할 수는 없고.

내가 꿀꿀 신음하고 있는데.

"──샬롯 경보 발령꿀──!!!!"

몸에 번개처럼 흐르는 긴장감.

오크들의 표정이 굳어지며 일제히 아래를 보았다.

나도 내가 할 일을 떠올리고, 얼굴을 아래로 향하며 가만히 그것이 지나가기를 기다렸다.

샬롯이 오크 마을 상공을 나는 동안, 우리는 위를 올려다볼 수가 없는 것이다.

왜냐면 팬티가 보이니까. 하는 수 없어. 매일 특훈을 하는 탓인지── 샬롯은 하늘을 날 수 있게 됐다. 그래 봤자 대단히 느릿느릿한 속도지만.

"뭐 하는 거냐멍, 이 녀석들."

다른 데서 밥을 받으러 온 코볼트가 우리의 행동에 깜짝 놀라고 있었다.

"멍멍. 오크는 역시 바보다멍…… 오크 밥, 지금이라면 먹어도 괜찮을지 모른다멍. 이 녀석들 아래만 보고 있으니까, 멍청하니까 눈치 못 챈다멍."

"쿠오오오오오오오오오오오. 힐 아직이냐아아아아쿠오오오오오."

야, 전부 다 들리거든.

그리고 밥을 강탈하면 이 마을에 출입금지를 당한다. 주위의 오크들도 코볼트의 소리가 들리고 있지만, 밥이 담긴 그릇을 뺏기지 않을까 걱정하면서 부들부들 떨고 있었다. 물론 나도.

그리고 무릎을 떠는 게 상당히 격렬해졌으니까, 옆에 있는 부히타도 상당히 신경질을 내고 있는 모양이다. 얼른 해제해 줘, 샬롯 경보. 이대로는 오크들의 몸이 남아나질 않겠어.

힐끔 고개를 들자, 코볼트 2인조가 지금 그야말로 이름 모를 오크의 밥을 훌쩍 집어먹으려는 순간을 목격해 버렸다.

"노, 농담이다멍."

"그래멍……."

"샬롯 경보 해제다꿀──!!!"

후우, 드디어 해제됐군.

나도 으그그 허리를 펴고 가볍게 팔다리를 뻗고 있는데, 소곤소곤 작은 소리로 말하는 몬스터의 모습이 보였다.

"허리가 아프구먼꿀."

"또 스로부에게 힐을 걸어달라고 해야겠구나꿀."

샬롯 경보 덕분에 마을의 어두운 분위기가 날아갔다.

아마 이런 몬스터가 많으니까, 화이트 성 주변의 몬스터는 이 마을 녀석들을 한심한 녀석들이라고 깔보는 거겠지.

그리고, 이 마을은 나에게 마음 편한 장소가 되어가고 있었다.

"스로부 조각상 만들기 재개다꿀~! 다들, 모여라~꿀!"

하지만 저건 좀 그만뒀으면 좋겠는데.

"──스로부. 이런 곳에 있었구나."

약간 이상한 억양으로 이름이 불려서 돌아보았다.

거기엔 나보다 몸집이 작은 숲의 요정 픽시가 있었다.

"에어리스, 어서 와. 수확은 어땠어?"

"응. 간신히 고블린이 동료로 들어왔어."

"그 겁쟁이 고블린이? 굉장하잖아?"

"호수가 깨끗해졌다는 게 가장 큰 이유 같아. 그러니까, 스로부 덕분이야."

"그렇지 않아. 하지만 요즘 들어서 계속 일만 했잖아? 하루 정도 쉬는 편이 좋지 않아?"

에어리스의 얼굴에는 고생이 배어나고 있었다.

제멋대로 살고 있던 휴잭의 몬스터를 한데 모아 일치단결하고자 하는 거다. 분명 마음고생이 많았을 것이다. 동족인 샬롯이 있어 힐링이 되어 주고 있다지만, 그녀는 요즘 계속 일하고 있었다.

"그럴 틈이 없어──. 화이트 성의 몬스터가 이야기를 들어주게 됐으니까."

화이트 성.

루니도 손에 넣고 싶다고 생각하는 남방의 중요거점이며, 애니메이션에서는 싸움의 무대.

드디어 이때가 왔다.

드디어 그곳의 거물이 결단을 했다는 거구나. 어느 세계든지 보스일수록 엉덩이가 무거운 법이다. 아아, 그러면 이렇게 몬스터로 모습을 바꾸고 쫄래쫄래 움직이는 내가 가장 졸개가 되는군.

"에어리스. 그러면 나도 데려가 줄래?"

"그래. 그들은 우리를 깔보고 있어. 그러니까 실력자가 필요해."

"맡겨만 둬. 그나저나, 드디어 이 때가 왔구나."

"역시, 울브즈 일당이 전멸한 게 효과가 있었나 봐. 고작 인간 한 명인데, 지금은 몬스터 녀석들도 상대를 도스톨 제국의 군대처럼 경계하고 있어."

"그래서, 화이트 성에는 실력자를 잔뜩 데리고 갈 거지? 그동안 오크 마을은 괜찮겠어? 그리고 지금 악마는 어디쯤 있는데?"

이글의 정보에 따르면—— 악마는 두 사람을 데리고 자유연방의 국경에 상당히 다가갔다고 한다.

애니메이션에서도 루니는 슈야를 마음에 들어 했으니까, 이쯤 되면 이제 걱정 안 해도 되겠지. 아마 함께 지낼 만한 계기가 있었을 거야.

하지만 그 녀석들, 마지막까지 루니의 정체를 깨닫지 못하는군. 특히 슈야는 정의감 덩어리니까 내력을 알면 붙잡으려고 안달할 텐데.

──그러면, 최악의 전개가 될지도 모른다.

그 점에서는 그 녀석들이 루니의 정체에 의문을 품지 않은 게 불행 중 다행이란 거지. ……좋아. 다음에 재건한 크루슈 마법학원에서 그 녀석들을 만나면, 수상한 사람을 따라가면 안 된다고 은근히 설교를 해 두리라고 나는 마음속으로 굳게 다짐했다.

"……스로부. 우리는 녀석들이 멀리 있는 사이에 오크 마을을 나서서 화이트 성으로 갈 셈이야."

"그러면, 요 며칠이 기회네."

"그래. 하지만 이글 이야기를 들어보니 늑대인간에게 습격을 받았을 때 우리가 힘을 합치려는 걸 깨달았는지── 이건 아직 오크들한테는 말을 안 했는데, 얼마 안 있어 습격하겠다고 선고했다나 봐. 그러니, 이제 곧 커다란 싸움이 일어날 거야."

루니는 싸움에서 즐거움을 추구하는 인간이다. 지금 휴잭에는 적이 없다고 생각하여 오크 마을을 키워서 습격할 셈이겠지. 구체적으로는 화이트 성 녀석들과 합류했을 때가 습격 타이밍이라고 나는 생각한다.

몇 번이고 생각했지만, 그 녀석을 상대로 기습은 소용없다.

전투 경험은 녀석이 압도적으로 많다. 지키는 게 전문인 세피스나 잠입 공작이 주 임무인 노페이스랑 달리, 전투가 본직인 프로. 가능하면 정면으로 부딪히기 싫었다.

그렇기에—— 오크 마을의 몬스터들을 아군으로 끌어들인 것에 조금이나마 안도했다. 전투할 때 다 함께 압박해 준다면 나도 상당히 쉬워지니까.

혹시, 샬롯이랑 단둘이 저녁을 먹은 건 이 나라에 와서 처음일지도 모른다. 나는 조금 분위기를 부드럽게 만들려고 오크들이 얼마나 겁쟁이인가를 재미나게 얘기했지만, 샬롯은 요만큼도 안 웃었다.

"샬롯. 혹시 긴장했어?"

"……긴장했어요."

생각에 잠긴 표정으로 그 이상은 말이 안 나오는 모양이다.

그러나, 화이트 성에 큰 문제 없이 도착할 수 있다니…… 솔직히 말해서 기적이란 말이지.

거기는 몬스터 중에서도 호전적인 종족이 살고 있어서, 단련된 병사나 모험가라도 도달하지 못하는 휴잭의 최심부다. 마르코도 출발하기 전에 절대로 다가가선 안 된다고 못을 박

앉지.

역시 악역이라지만 노페이스에게 매직 아이템을 빌린 보람이 있었군.

"전부 스로우 님 덕분이에요. 저…… 픽시라서 다행이에요."

"어? 아니라니까. 샬롯이 노력해서 그래."

"저는 에어리스 씨랑 같이 다녔을 뿐이지 아무것도 안 했어요. 그리고 에어리스 씨랑 같이 다닌 것도 스로우 님이 저를 픽시로 만들어 줬으니까……. 여기까지 온 건 역시 스로우 님 덕분이에요."

……그야, 에어리스가 흥미를 가진 이유는 그걸지도 모른다.

샬롯이 픽시가 아닌 모습이었다면, 에어리스는 또 오크 마을에 새로운 몬스터가 왔다는 정도의 감상밖에 품지 않았을 거다.

그리고 샬롯은 지금까지의 이야기를 가르쳐 주었다. 나는 매일 밤마다 샬롯이 잠든 다음에 에어리스에게 이야기를 들었지만, 역시 본인에게 들으니 감개가 다르군.

별것 아닌 대화. 특별한 요소는 아무것도 없다. 내가 크루슈 마법학원에서 비밀을 밝히기 전에는 매일 당연했던 일. 그리움과 신선함. 두 상반된 감정을 맛보면서 그녀의 이야기를 듣고 있자니, 문득 전에도 이런 일이 있었다는 게 떠올랐다.

그건, 그렇지. 우리가 크루슈 마법학원에 입학한 당초의 일이다. 내 방에 샬롯이 매일 밤 찾아와서, 그날 일한 내용이나 샬롯의 하루를, 친구가 없던 나에게 자세히 들려줬다. 나는 그 무렵을 떠올리면서, 샬롯이 졸음을 버티지 못하고 하품을 할 때까지 계속 그녀의 이야기를 들었다.

지금도, 내심 계속 비밀을 감추고 있던 나한테 생각하는 바가 있겠지.

그래도 나에게는, 침실로 가는 뒷모습이 어쩐지 아쉬운 듯 보였다.

"스로우."

"오, 바람의 대정령 씨. 오늘은 희한하게 일어나 있네. 낮잠을 너무 자서 밤에 잠이 안 온다거나?"

"희한하지 않다냥. 오늘 하루도 샬롯을 열심히 지켰다냥."

"……그건 뭐 도움이 되고 있어. 그래서 무슨 일인데?"

"네가 무리하면 샬롯이 슬퍼한다냥. 말하고 싶은 건 그것뿐이다냥."

그리고, 녀석은 또 침실로 돌아갔다.

계속 놀기만 하던 대정령 씨. 언제나 나보다 빨리 잠들어서, 이제 샬롯도 그냥 애완동물 취급을 한다.

"……대정령 씨가 노력해 주면, 나는 무리하지 않아도 되는데 말이지."

그러나, 무리해야 한다.

나는 지금 미래를 바꾸는 갈림길에 있기 때문에.

수많은 생명이 사라지고, 몇 개의 도시가 멸망한 애니메이션의 미래. 그중에서도 북방에서 영웅으로 불리는 삼총사 중 한 명이 찾아온 제네라우스는 지도에서 사라져 버렸다.

그 미래를 바꾼다. 이 정도 노력을 안 하면 어쩌겠어.

루니……. 네가 우리를 습격하는 타이밍은 알고 있어.

거기서 너는 애니메이션과 같은 그 마법을 쓸 거다.

오크들이 빛을 빼앗는 악마라고 부르게 만든 그것.

그리고── 네가 마법을 해제한 순간이 절호의 기회.

그렇지만 역시 불안이 남는다. 놈이 노리는 걸 확인하기 위해서 보험을 들었지만, 확실하다고 할 수는 없다. 확실하게 이기기 위해 그녀의 협력이 꼭 필요하다.

그건 처음부터── 알고 있었다.

아직 해도 뜨지 않은 새벽 무렵에 눈을 떴다.

어젯밤에 어울리지 않게 이것저것 생각해 버린 나머지 잠들 수가 없었다. 그러나 몇 번이고 끝나지 않는 자문자답을 반복하여 결론이 나왔다.

아직 조금 멍한 상태 그대로, 샬롯을 깨우지 않도록 신중하게── 밖으로 나갔다.

문을 열고, 바깥 공기를 쐬자 그곳은 이세계, 가 아니라 오크의 마을.

우리가 여기에 왔을 무렵에도 오크뿐 아니라 여러 몬스터가 있어서 놀랐지만, 지금은 더욱 다종다양하다.

──다들 겁을 먹고 있었다.

화이트 성에서 온 토벌대가 전멸했으니 다음은 이곳이다. 싸움을 피할 수 없다는 걸 누구나 예감하고 있었다. 처음에는 인간이 공격당해, 이제는 휴잭에서 모험가와 각국의 병사가 자취를 감추었다. 몬스터밖에 안 남았는데, 아직 악마는 휴잭을 어슬렁거리고 있다.

얼마 안 가서, 이 오크 마을은 전장이 될 것이다. 그들의 생각은 옳다.

"에어리스 있어?"

"이 앞에."

"들여보내 주는 거구나. 고마워."

"에어리스 님이 오크 마법사의 바람은 반드시 들어주라고 했다. 그러니까 보내 준다."

에어리스의 호위가 생각보다 매끄럽게 그녀가 있는 곳을 가르쳐 주었다.

그들도 깨닫고 있었다.

어떤 전개가 될지는 모르지만, 오늘 운명이 바뀐다.

숲속에 그녀의 침상이 있다. 겁을 먹으며 살고 있는 몬스터들은 언제나 도망칠 수 있도록 준비한다고 한다. 책에서 읽은 것처럼, 그녀는 상당히 높은 커다란 나뭇가지 위에서 작은 몸을 누인 채 쉬고 있었다. 올려다보니 역시 일국을 이끄는 그릇으로 보이진 않는다. 그렇지만 그녀는 시간을 거듭하면서, 조금씩 신뢰를 쌓아 휴잭의 몬스터에게서 인정을 받았다.

잠시 잠든 얼굴을 바라보고 있으니, 그녀가 살며시 눈을 떴다.

"안녕? 에어리스."

"……스로부. 언제부터 거기 있었어?"

"지금 막 왔어."

"걔들도 널 신용하고 있구나. 나는 아침에 약하니까 아무도 들여보내지 말라고 했었는데…… 그래서, 나한테 무슨 용건이야?"

"너한테, 고맙다는 말을 하려고 왔어."

처음에는 내 말의 의미를 잘 모르는 기색이었지만, 금방 감이 온 모양이다.

"……화해, 했어?"

"한 걸음 전진은 했어. 네 덕분이니까 고맙다고 말해야겠다 싶었지."

"어머, 나는 아무것도 안 했어."

그렇게 말하고 조용히 웃었다.

그렇지만 겸손이 지나치다.

샬롯과 사이좋게 지내준 것. 화이트 성으로 데리고 가 준다는 것. 에어리스가 나랑 샬롯이 화해할 수 있게, 샬롯에게 스로부는 오크지만 장래성이 있다는 등 이것저것 말해 주고 보살펴 준 것도 알고 있었다.

에어리스의 상냥함에, 우리는 대단히 큰 도움을 받았다.

"그보다, 스로부. 드디어 그때가 왔구나."

"응?"

"샬롯, 걔가 기뻐했잖아. 드디어 바라던 장소에 갈 수 있으니까."

하지만 그 말과 달리, 에어리스는 쓸쓸한 기색이었다.

"그러니까, 조금 아쉬워."

"아쉬워? 어째서?"

"그거야…… 떠날 때가 가까운 거잖아?"

무심코 심장이 뛰었다.

"경계하지 않아도 돼. 나도 말이지. 너희가 와 줘서 즐거웠어. 오크랑 픽시라는 흔치 않은 조합의 너희가 이 마을에 와서, 사이가 나쁜 종족끼리도 협력할 수 있다는 걸 다들 알았어. 감사하고 있고, 가능하면 계속 있어 줬으면 좋겠지만 그건 내 억지겠지. 샬롯도 스로부도, 우리하고는 다르니까."

"너는──."

에어리스가 우리 정체를 깨달았을 가능성.

너무나도 우리에게 친절하고 보살펴 주니까, 그 가능성도

생각지 않은 건 아니다. 그렇지만…… 역시, 너는.

"그 애랑 계속 같이 있었잖아? 하지만 너랑 같이 있던 부히 타는 눈치 못 챘을 거야. 그 녀석은 둔감하니까. 후후, 둔감하 잖아?"

"그렇네. 부히타는 둔감해서 지내기 편했지. 나도 네가 상대 였다면 완전히 얼버무릴 수 없었을지도 몰라."

샬롯하고도 어젯밤에 이야기를 했다.

우리는 목적을 달성한 후, 재빨리 휴잭에서—— 이 오크 마 을에서 떠난다.

……역시 너는 꿰뚫어 보고 있었구나.

하지만 그러면 된다. 오히려 그 정도가 딱 좋다.

나랑 샬롯의 놀이에 어울려 준 것은, 그녀가 오크 마을에 몬 스터를 모으기 위해서는 우리가 딱 알맞았기 때문이다.

타산적이면서도, 너는 지금도 온화한 모습이었다.

역시—— 내 결론은 틀리지 않았다고 가슴을 펼 수 있다.

"그러면…… 좋겠네. 지금의 너라면 믿을 수 있어. 아니, 믿 고 싶어."

"뭔데?"

"에어리스, 너한테 중요한 얘기가 있어."

"중요한 얘기? 혹시 너희의…… 아니, 화이트 성으로 돌아 가고 싶어하는 그 애의 과거 이야기?"

샬롯의 과거.

우리가 인간이란 것을 깨달은 에어리스에게는 중요할 것이다. 말하는 느낌을 보니, 샬롯의 정체 역시 짐작하는 걸지도 모른다.

그렇지만 나는 딱 잘라 부정했다.

"아니야. 우리의 정체보다 더 중요한 얘기야. 에어리스. 화이트 성의 몬스터와 합류해도, 너희는 악마한테 못 이겨. 전멸할 뿐이지."

"놀랐어…… 이글이랑 같은 말을 하는구나."

"그래. 좀 껄끄럽지만 나랑 그 녀석의 생각은 일치해."

"그래도 말야. 내 생각은 달라. 다들 힘을 모으면 반드시 이길 수 있어. 만약 지더라도 이 싸움은 커다란 의미가 있다고 생각해. 그래서, 너희가 커다란 비밀을 품고 있어도 비밀로 했어. 있지 스로브, 나는 이 마을을 좋아하니까 나만 도망칠 수는 없어. 이런 나에게 너도, 휴잭을 버리라고 할 거야?"

"아니야, 에어리스."

살육자의 얼굴을 가진 루니는 모든 것을 파괴하며 마지막 싸움을 즐기기 위해서, 오크 마을에 있는 몬스터가 집결했을 때 네가 쌓아 올린 이 마을을 노릴 거다.

그 녀석과 제대로 싸우면 승률은 절반.

패배 이벤트치고는 나쁘지 않지만, 미래를 바꾸는 싸움치고는 너무 낮다.

"나는 말야. 너한테 도망치라고 하러 온 게 아냐."

"그러면, 뭘 위해서?"

나는 결국, 오늘 이날까지 완전히 믿지 못했다.

왜냐면 에어리스는 몬스터다. 마음속 깊은 곳에서, 나를 믿어줄 거라고 생각하지 못했다.

하지만, 지금—— 드디어 진짜 마음에 닿았다고 생각했다.

"미래를 바꾸기 위해서, 네 목숨을 빌려달라고 말하러 온 거야."

●

선두는 에어리스고, 그녀는 대단히 긴장한 기색이었다.

수가 그렇게 많으니까 화이트 성에도 많은 수가 가지 않을까 생각했는데 뜻밖에 소수다. 최후미를 나랑 샬롯이 느긋하게 걷고 있었다.

앞쪽에서는 에어리스가 우수한 호위를 데리고 소곤거리고 있었다. 분명히 나에게는 들려줄 수 없는 어수선한 이야기를 하고 있겠지.

"맨 뒤구나……."

"어쩔 수 없어요. 우리는 이 안에서 제일 신참이니까요. 하지만 적네요. 저도 잔뜩 갈 거라고 생각했는데, 하늘에는 그 이글 씨밖에 없어요."

하늘에는 샬롯이 말한 것처럼 자존심이 강한 그리폰이 있었다.

저 녀석은 때때로 머리만 뒤로 돌아보며 어딘가를 확인하고 있었다. 설마 이 장소에서도 악마의 모습을 감시하고 있는 건 아니겠지……?

이글은 천 리를 내다본다고 했다. 정말이지 편리한 힘이야. 북쪽의 마왕이 중용하여 에어리스의 호위로 선발된 것도 납득할 정도의 힘이다. 에어리스하고는 의견 충돌도 있는 모양이지만, 마지막까지 악마와 싸우면 안 된다고 주장하던 현실파다.

"저 정말로 화이트 성에 돌아갈 수 있다고 생각 못했어요……꿈이 아니네요."

"꿈이 아니야. 하지만 우리 둘이 화이트 성으로 동행하는 걸 허락받은 건 샬롯이 열심히 노력해서, 다들 인정해 줬기 때문이야. 에어리스도 자주 그렇게 말했고."

"저 스로우 님이 에어리스 씨랑 같이 있는 거 거의 못 봤는데요. 언제 에어리스 씨랑 이야기한 건가요?"

"아아, 그건…… 그러니까."

샬롯이 푹 잠든 다음이라고 말하기가 좀 그랬다.

아아, 그래. 매일 에어리스한테 샬롯이 어땠는지 확인했습니다. 나는 걱정이 많다고. 다른 사람도 아니고 샬롯이잖아?

이유는 그걸로 충분해.

"아, 그러고 보니 샬롯! 화이트 성에 도착하면 너한테 줄 게 있었어!"

"……저한테요?"

"지금 샬롯한테 딱 맞는 거야. 기대하고 있어."

샬롯이 자신만의 지팡이를 가지고 싶어 한다는 걸 에어리스에게 듣고서, 선물이 떠올랐다.

화이트 성의 보물창고에 은닉되어, 휴잭의 왕에게 대대로 이어지는──── 영웅의 씨앗이다.

이 세상에 오로지 하나. 주인의 특성에 맞춰 검으로도 지팡이로도 형태를 바꾸는 지고의 무장. 시장에 나오면 자그마한 성을 세울 가치를 가진다. 본래는 S급 모험가, 모험가 길드의 최고 전력에게만 주어지는 커다란 힘. 그걸 샬롯에게 건네면 틀림없이 지팡이로 성장할 테니까.

그리고 길 끝에 대단히 작은 화이트 성의 윤곽이 보였을 때, 나는 샬롯이 기뻐하길 조금 기대하고 있었다.

몬스터에게 동료로 인정되어 동행을 허락받고, 드디어 도착했다. 고생한 만큼 기쁨도 클 텐데────.

그렇지만 태어난 고향으로 이어지는 서서히 열리는 길 끝에서, 화이트 성의 꼭대기까지 닿을 듯한 커다란 나무가 아무렇게나 군생하는 광경을 보고, 샬롯은 갑자기 멈춰 섰다. 마치 태양을 붙잡으려는 것처럼 하늘로 뻗은 나무들을 보고 말을 잃었다.

"어, 정말이야?"

"절대 없었어요! 왜냐면 저렇게 커다란 나무가 있으면 아무리 어려도 기억하니까요!"

"……이상하네."

하지만, 나는 딱히 위화감이 없다.

분명히 저기만 천재지변 같은 광경이지만, 나는 저걸 당연하다고 인식하고 있었다. 왜냐면 애니메이션에서 봤으니까.

"스로우 님. 고작 10년 만에 저렇게 어엿하게 성장하는 식물이 존재하나요?"

"몬스터인 드라이어드가 나무에 살면 가능성이 있을지도 모르지만……."

스스로 말하고도 어쩐지 비현실적이었다.

드라이어드는 다른 생물과 공존할 수 없는 몬스터로, 주위에 생물의 존재를 용납하지 않는다.

"그것 말고는 그렇네……. 그다지 생각하기 싫지만…… 땅에 떨어진 영웅의 씨앗? 그건 대지에 닿으면 자연의 생태계를 엉망으로 만드니까."

"앗…………."

"샬롯, 왜 그래?"

입을 뻐끔거리면서 고개를 숙인다.

차츰 낯빛이 안 좋아지는 샬롯을 보고, 나는 불길〰〰한 에감이 들었다.

이럴 때 감은 꽤 잘 맞거든.

"──솔직히 말해 주면 좋겠어. 뭔가 짚이는 거 있어?"

한마디로 정리하자.

저거, 샬롯 탓이었습니다.

과거에 흡혈귀가 나라를 습격해서 목숨만 건져 도망칠 때, 아버지가 왕가에 대대로 이어져 내려온 영웅의 씨앗을 건네 줬다고 한다. 그렇지만 화이트 성을 빠져나와 숲에 들어왔을 때 떨어뜨려 버렸다. 그래서 그때 받았던 영웅의 씨앗을 찾으러 간다. 그게 화이트 성에 가고 싶은 가장 큰 이유였다고 한다.

"……미안 샬롯. 선물 이야기는 못 들은 걸로 해줘."

"저기. 혹시 스로우 님이 말했던 선물이라는 게."

"……어쩌면, 화이트 성의 보물창고에 영웅의 씨앗이 남아 있지 않을까 했지. 있으면 샬롯한테 주려고 했어. 자기만의 지팡이를 가지고 싶어한다고 에어리스한테 들었거든── 자, 잠깐 샬롯! 가까워!"

"스로우 님, 그건 다시 말해서── 그런 거군요?! 저한테, 전용 지팡이라는 건 마법의 허가!"

"응…… 다리스에 돌아가면, 샬롯만을 위한 지팡이를 찾자."

확 표정이 밝아진 샬롯은 너무나 귀여워서, 그래서 나는 샬롯에게 지팡이 금지령을 내린 데닝 공작 가문의 사정을 완전히 잊고서 약속을 했다.

이게 나중에 커다란 문제를 일으키는 줄도 모르고.

"우왓, 에어리스 일행이 벌써 저 멀리 갔어! 따라잡자!"

가볍게 달려서 영차영차 몬스터 일당을 목표로 달렸다. 그러자 언젠가부터 길 양옆에 몬스터의 모습이 보였다. 대량의 시선. 우왓, 보고 있어. 내가 유일한 오크라서? 유명인이란 것도 난처하군.

오크 마을에 있는 자들과 비교하면 명백하게 다른 분위기를 두른 자들. 동료가 격퇴당했다는 사실은 이미 퍼져 있었다. 지금부터라도 악마와 한판 벌이겠다는 기개를 가진 살기.

화이트 성으로 이어지는 길 앞에, 한층 커다란 몬스터——저게, 보스군. 데몬이 자기 일당을 거느리고 있었다. 에어리스 일행이 손을 잡을 가치가 있는지 간파하려는 거겠지. 녀석들의 수는 수백이 안 된다. 수는 이쪽 오크 마을에 있는 몬스터가 압도적으로 많을 것이다. 그렇지만 질은 화이트 성 주변에 사는 몬스터가 우세하다.

"——잘 왔다, 에어리스. 북쪽의 마왕, 블루 라이트의 대변자여."

에어리스와 저 데몬의 이야기가 끝나면 루니와 휴잭에 있는 몬스터의—— 전면전쟁이 시작될 것이다.

이 정도 몬스터가 있으면, 애니메이션이랑 같은 상황을 만드는 게 가능하다.

다음은—— 그녀가 나를 믿어줄 것인가다.

"에, 에어리스. 저기, 아까 그 얘기 말인데—— 아, 아무것도 아니에요, 죄송합니다."

에어리스에게 말을 걸었더니, 호위 몬스터가 노려본다.

출발 직후에는 힐끔거리며 나와 샬롯을 보고 있었지만, 지금 그녀는 동맹을 위한 대화로 머리가 한가득인 모양이다. 출발하기 전에 이야기한 내용이 얼마나 머릿속에 남아 있을지. 애당초 에어리스가 내 말을 믿어준 건지도 알 수 없다.

"샬롯. 에어리스가 얘기하는 동안 우리는——."

"……."

"아, 이쪽도 내 목소리 따위 안 들리는구나."

화이트 성, 너의 고향. 목적인 영웅의 씨앗이 없다는 걸 알아도, 이제 화이트 성밖에 안 보인다. 뭐, 무리도 아니지. 고향이니까. 여기까지 오느라 노력했잖아.

그럼 나는 에어리스가 어려운 이야기를 하는 동안, 몸이 근질거리는 샬롯과 함께 추억의 여행을 해야지.

……샬롯이랑 화해도 했고, 이렇게 화이트 성으로 갈 수도 있었다. 선물하려고 했던 영웅의 씨앗은 없는 모양이지만, 이제 의지할 필요도 없다.

나는 만사가 순조롭게 진행된다고 생각했다.

"_____."

샬롯뿐이 아니다.

전방으로 나아가던 몬스터들의 움직임도 우뚝 멎었다.

숲을 흔드는——낮은 소리.

"이건."

숲속에 울리는 종소리. 들은 적이 있다. 그게 언제였더라? 오크들이 버려진 교회에서 주워 온 종. 시험 삼아서 한번 쳐봤을 때 수많은 몬스터가 불평을 해서, 두 번 다시 치는 건 금지라고 에어리스가 명령했다. 그러나 이건 쓸만하다. 악마가 습격했을 때 신호로 삼고자 생각한 것이다. 그것이, 몇 번이나 울린다. 마치, 도움을 청하는 것처럼.

의미는 오로지 하나——오크 마을이 공격받고 있다.

그리고 누구보다도 빨리 반응한 것은 에어리스였다.

"스로우 님, 지금 그 소리는! 설마, 오크 마을이——."

"그 녀석들도 바보가 아냐! 그렇게 치지 말라고 했었잖아! 그것도 이렇게 몇 번이나! ……에어리스, 기다려!"

진짜 픽시가 하늘로 날아올랐다. 그리폰이 기다리는 대공으로, 일직선.

그곳은 내가 닿지 못하는 파란 하늘의 세계다.

화이트 성의 몬스터는 이해를 못하고 당황했다.

상공에서 에어리스는 유유히 머물러 있는 그리폰을 향해서 외치고 있었다. 저런 에어리스는 본 적이 없다. 언제나 그녀는 불안을 보이지 않고, 여유를 가지고, 차분했으니까.

"하지만 스로우 님! 지금 그 사람은 멀리 있다고 이글 씨가
─── ."

"저걸 보면 알 수 있어! 저 녀석이 속인 거야!"

에어리스는 새파랗게 질렸다. 그러나 그리폰은 꿈쩍도 안
한다.

지금도 종소리는 멎지 않는다.

상공에서 그들이 무슨 이야기를 하는지는 알 수 없다. 그러
나, 에어리스가── 가 버린다.

그래서 나는 하늘을 향해 외쳤다.

쿨하다고 소문난 오크 마법사답지 않게 큰 소리로.

"가지 마, 에어리스! 너는 나랑 약속했잖아!"

손을 뻗었지만 바로 앞의 허공을 붙잡을 뿐이다.

내 손가락은 아무것도 쥐지 못했다.

오크 마을에서 온 몬스터가 차례차례 돌아섰다. 에어리스
뒤를 따라서 지상을, 본래 왔던 길을 돌아간다. 드디어 데몬
휘하의 몬스터도 움직였다. 녀석들도 오크 마을이 공격받고
있는 사실을 깨달았을 것이다. 그러나 녀석들의 행동은 이제
아무래도 좋다.

……에어리스가, 가 버렸다.

"스로우 님! 뭘 멍하니 서 있어요! 오크 마을이 공격을 받고

있으니까 돌아가요!"

"······소용없어. 이제 늦었어."

"뭐가 말인가요!"

"에어리스는 따라잡을 수 없어. 불가능해. 진심으로 날아가는 픽시는 빠르니까."

"하지만! 스로우 님이라면!"

"······픽시는 오랜 세월 이어진 인간의 추적에서 도망쳐 다닌 몬스터야. 그녀들이 바람을 타면 따라잡을 수 없어."

말조차 나누지 못했지만.

내 목소리는 아마도 그녀에게 들렸을 것이다.

마지막으로 그녀는 하늘에서 우리를 보면서 뭔가 중얼거린 것처럼 보였으니까. 그러나 아직도 울리고 있는 종소리에 그녀의 목소리가 지워져 버렸다.

에어리스를 따라잡으려고 마법을 쓴다? 무리다. 빛의 마법으로 다소 속도를 붙인다고 해도 하늘을 나는 에어리스를 따라잡을 수 없다.

"······하하하."

그러나, 신기하게 웃음이 나왔다.

미래는 바뀌지 않는다.

그렇게 오크 마을에 모여 있던 몬스터가 모두 소용없어졌다. 결국 나는 혼자 힘으로 루니와 싸워야 하는 건가?

그런 가운데, 마치 이 상황을 남 일처럼 차갑게 내려다보면서, 몬스터 하나가 하늘에서 내려왔다. 에어리스의 호위면서도, 마치 자기는 상관없다고 말하듯…… 생각할 것도 없다. 이 녀석은 거짓말을 했다.

악마는, 우리가 오크 마을을 출발했을 때 바로 근처에 있었던 것이다.

"오크 마법사, 어째서 너는 웃고 있지?"

"아니, 미안. 어쩐지 우스워서. 왜냐면 내 노력이 다 날아갔거든. 당했어."

……그야, 그렇잖아?

결국 나는 그녀를 구할 수 없었다.

"이글. 너는 에어리스를 생각해 준다고 생각했는데."

"나는 누구보다도 에어리스 님의 안전을 생각하고 있었다. 악마에게 이길 수 없다고── 충분히 설득했다. 그러나 에어리스 님은 들어주지 않았다. 오크 마을이 사라지면 얌전히 북방으로 돌아가 주실 걸로 생각했다만…… 저 정도로 오크 마을을 소중히 생각할 줄은……. 에어리스 님은 내 생각보다 고집이 셌다."

"그렇지, 이글. 계속 악마를 감시해 온 너는 모를 수도 있겠지만 에어리스는 그 장소를 소중히 생각하고 있어. 나는 모르겠지만 몬스터는 이종족끼리 사이가 나쁘다며?"

이대로는 애니메이션 전개와 마찬가지다.

슈야와 알리시아가 제네라우스로 간 것도 그렇다.

운명은 역시 바뀌지 않는 걸까?

"일어나세요! 언제까지 자고 있을 건가요!"

내 눈에, 샬롯의 모습이 들어왔다.

그녀는 아직도 잠들어 있는 바람의 대정령을 깨우려고 필사적이었다. 과연, 아르트앙쥬가 진심으로 힘을 쓰면, 지금부터 오크 마을을 구하러 가는 것도 가능하다.

그렇지만, 녀석에게 힘을 쓰도록 하는 것이 얼마나 어려운 일일까?

하지만, 알 수 없었다.

네가, 고향 앞에서―― 오크 마을로 돌아가려고 한다.

어째서? 바로 옆에, 네 진짜 고향이 있는데. 네 목적이 눈앞에 있어.

"에잇! 맨날 자고만 있어요! 앞으로 밥 안 줄 거예요!"

그리고 그녀와 눈이 마주쳤다.

시선으로 호소하고 있었다. 어떻게 할 수 없느냐고.

"……샬롯. 드디어 네 고향에 왔잖아――. 이 기회를 놓치면…… 다음은 언제가 될지 몰라."

"여기는 언제든지 돌아올 수 있어요. 형태가 좀 변했어도, 계속 있어요. 하지만 에어리스 씨한테는…… 저, 아직 사이좋게 지내줘서 고맙다고 인사도 못 했으니까요."

――한심해라.

샬롯은 아직 포기하지 않았다.

──한심하다, 나는.

한숨이 나올 정도로 구제불능이다.

나는 뭘 위해서 휴책에 왔지?

그 노페이스에게 힘을 빌려서, 몬스터로 모습을 바꿔서까지.

미래를 바꿔? 당연하지. 그런 미래, 나는 바라지 않는다.

절대로 바꾼다. 바꿔야 한다.

그렇지만, 그것뿐인가?

──아니다.

나는, 아마도. 에어리스, 너를 구하고 싶었다.

"오크 마법사, 에어리스 님의 마지막 명령이다."

애니메이션에서 너는 목숨을 던져 그 두 사람을 도망 보냈다.

그래서 이번에는 내가 너를 구할 차례라고 생각했다.

"너희를 다리스로 보낸다. 등에 타라."

샬롯은 고향 앞에서, 에어리스를, 오크 마을을 구하고 싶다고 바라고 있다.

우연찮게 나도, 완전히 같은 의견이다.

그리고 아직 에어리스가 마지막에 뭐라고 한 건지 듣지 못했다.

그러니까──.

"──야, 이글. 그래 너 말야. 괜한 짓을 해준 멍청한 녀석아."

눈앞에 있는 거대한 몬스터.

북쪽에서 태어난 픽시 종족의 영웅 개체.^{노 터치 블루 라이트}

내가 아는 미래에서, 가족이 살해당해 슬퍼하는 북쪽의 마왕이 호위로 붙인 심복, 이글.

"나를 오크 마을로 데리고 가라. 그걸로 전부 용서해 주지."

문제는 단순하다. 에어리스가 가 버렸으니 따라잡으면 된다.

내 힘으로는 늦지만, 그렇다면 누군가의 협력을 구하면 된다.

지금 오크 마을이 괴멸적인 피해를 입고 있을 것이다.

그렇지만, 지금이 바로 은혜를 갚을 때다.

나랑 샬롯은 그대로 왕도에 있었으면 분명히 화해 못했다.

이 몬스터만 있는 특별한 세계에서 너희와 만났으니 화해할 수 있었던 거야.

"말귀를 못 알아듣는군, 오크 마법사……. 이제 끝이라고 말했을 텐데."

"말귀 못 알아듣는 건 너다. 내가 오크 마을도, 에어리스도, 전부 구해 주겠다고 하잖아."

"네가 뭘 할 수 있지? 그 인간은 히드라와는 격이 다르다. 오크 따위가——."

"한심하군. 한 번 기습이 실패한 정도로……. 그렇군, 알았어. 이런 겁쟁이를 중용하니까, 너희는 도스톨 제국에서 요만큼도 영토를 빼앗지 못하는 거야. 그렇지만 안심해라. 이글, 계속 도망치는 너 대신에 내가 악마를 상대해 주지."

"기어오르지 마라, 오크 마법사. 그 인간이 아니라 이 자리에서 내가 갈기갈기 찢어——."

"야. 누가, 누굴 죽인다고?"

그만 짜증이 나서, 본바탕이 나왔다.

날카로운 발톱을 보이는 이글이 뒤로 물러서며 하늘로 비상하고자 날개를 퍼덕였을 때, 억지로 대지에 묶어 버렸다.

"네놈—— 역시, 오크가 아니군!"

"어라? 말 안 했었나?"

지금도, 전투의 시작을 전하는 소리가 들린다. 화이트 성에서 사태를 장악하고자, 데몬이 포효하며 모습을 바꾸고 우리를 향해 대지를 찬다.

이제 충분하다.

이제 참는 것도 한계다.

더 이상 사태를 성가시게 만들지 마.

"나는, 다리스의 흑룡 토벌자^{드래곤 슬레이어}다."

그래서, 그만—— 입에서 생각지 못한 말이 흘러나왔다.

4장 미래를, 바꾸다

"저 녀석이, 빛을 빼앗는 악마다꿀~~~!"

"누구고, 꿀! 힘을 합치면 악마를 쓰러뜨릴 수 있다고 한 녀석은! 꿀!"

오크는 갑자기 휴책에 나타난 살육자를 악마라고 불렀다.

동족인 인간도 해치고, 언젠가 오크 마을을 공격하러 올 거라 생각한 어둠의 사자(死者).

언젠가 그날이 올 거라고, 질서를 부수러 올 그때를 대비해서, 그들은 만전의 준비를 해 왔을 것이다.

의도적으로 만들어낸, 한 명과 압도적 다수라는 구도는 흔들리지 않는다.

그러나, 주변에 피 냄새가 떠돈다.

몬스터는 분노와 공포를 느끼며 표정을 일그러뜨리고, 피하지 못하는 패배 이벤트에 직면한다.

"스로부! 어디 갔어꿀~! 살려줘라꿀!"

"스로부는 화이트 성에 갔다꿀! 금방 에어리스 님 일행이 데몬을 데리고 올 거다꿀!"

도망쳐다니는 오크의 모습을 보면서, 남자는 원정의 목적을 떠올렸다.

어둠의 대정령, 나나트리쥬가 내린 지령은 남방의 힘을——간파하는 것.

그녀는 대륙 남방에 전쟁을 걸까 말까를 판단할 재료로, 단한 남자의 의견을 중용한다고 했다.

그런 변덕스러운 그녀와 만난 것은 그날, 그때로 거슬러 올라간다.

나나트리쥬를 암살하고자 한 그 순간, 남자는 변덕으로 목숨을 건졌다.

『——와아, 놀랐어. 이런 대낮에 당당하게 내 목숨을 노린 건 수십 년만인걸? 실력은 좋지만 상대를 골라야지…………. 뭘 그렇게 세상 끝난 표정을 짓고 있어? 자, 사라져. 방해되잖아. 훠이훠이. …………죽이라고? 혹시 자살 지망자야? 있잖아, 내 목숨을 노린 거 가지고 신경이나 쓸 것 같아? 내가 지금까지 얼마나 인간……뿐이 아니라 몬스터나 엘프한테 암살 시도를 받았다고 생각하는데? ……하지만, 그렇네. 분명히 한 번이라도 암살에 실패하면 네 존재 가치는 제로. 그러면…… 나한테 올래?』

그녀는 변덕이라고 했다. 장난하지 말라고 느꼈지만, 갈 곳이 없었다. 할 일도 없어서 그녀를 죽이러 오는 자들을 계속 처리하자, 어느샌가 군 안에서 직위를 받았다. 변덕스러운 그녀의 뜻으로 군인이 됐다. 그 도스톨 제국의 군인이다. 저항은 있었지만, 이걸로 보다 그녀에게 다가갈 수 있다고 생각했다. 이미 남자는 삼총사들이 충성을 바치는 그녀에게 흥미가 생겨 있었다.

무영창의 마법사인 그녀가, 계속 살아가는 이유를 알고 싶었다.

결심하고서 묻자, 그녀는 간단히 가르쳐 주었다.

바보 같아 웃었다.

그렇지만 동시에 고결하다고 생각해 버렸다. 분명히 그녀의 바람은 사람의 몸으로 바라기에는 너무나도 거창했다. 그렇기에 그녀가 인간으로 있는 것을 관둔 이유를 이해할 수 있었다.

『나는 북방에서 아무도 간섭하지 못하는 자유의 나라를 만들고 싶어. 그리고 지금이 찬스. 시대에 한 사람이라도 나타나면 충분한 진짜배기가, 제국에 세 명이나 나타났어. 대륙통일에 다소 희생은 각오하고 있지만, 진흙탕은 싫어. 그러니까 루니, 알아 와. 수단은 따지지 않을게. 남쪽이랑 전쟁을 일으켜야 할지, 아닌지. 전권을 너한테 맡기겠어.』

과거에 자신은 그녀의 목숨을 노린 암살자였는데, 지금은 어엿한 광신자다.

나나트리쥬에게 받은 신뢰에, 이제는 기쁨마저 느끼기 시작했다.

그녀에게 이 정도로 중요한 임무를 받은 것은 처음이었다.

"큭, 후후훗. 내가, 누군가를 위해서 살아갈 줄이야!"

역겨운 미소를 지으며, 태반의 모험가가 겁먹는 전장을 걸었다.

남자는 단 한 명의 인간이면서, 자리를 장악하고 있었다.

일개 모험가라면 걸음을 주저할 전장. 그러나 남자는 멈추지 않았다.

"꾸울! 뭘 웃고 있냐꿀! 나는 오크 킹! 흔해 빠진 오크하고는 한 차원 다르, 꾸우우우우우우우우우울."

"아! 부히타가 걷어차여 날아갔다캬오! 약하다, 캬오!"

오크 중에서도 한층 커다란 성체, 왼팔에 킹 종의 증거가 새겨져 있었다.

남자와 눈을 마주칠 수 있는 몬스터는 전혀 없었다. 이미 전의를 잃었다.

"아무것도 안 했는데 부우부가 공포로 정신을 잃었다꿀! 누가 도와줘꿀."

"꿀. 이 녀석, 무겁다꿀."

"꿀꿀."

마을에 모인 수많은 오크가 맨 먼저 유린당한다.

그렇지만, 어쩔 수 없다.

아무리 진화를 거듭해 봤자, 오크는 잔챙이다. 수많은 잔챙이 중에서도 가장 밑바닥 몬스터다. 오우거의 딱밤 한 방에 날아가 버릴 정도인 민달팽이 몬스터다. 떨어진 고기를 주워 먹었다가 복통에 시달리는 일도 잔뜩 있고, 덫을 쳐 두면 반드시 걸려들고, 함정이란 함정에는 모조리 빠진다. 얼빠진 몬스터, 그게 오크다.

그렇기에, 명랑함이 장점인 오크 킹은 누구보다도 강해지고 싶었다.

"아프다꿀. 스로부한테 힐 걸어달라고 해야 된다꿀……."

이 세상에는 강자와 패배자가 존재하며, 오크는 틀림없이 패배자, 밑바닥이다.

강한 자에게 겁을 먹고 살아가는 오크이기에, 한 군데 자리 잡고 사는 일은 있을 수 없다. 그래서 오크 마을 같은 평화로운 마을을 만든 것이 부히타에게는 기적이었다.

매일 즐겁고 평화로운 시간을 만끽하고 있었다.

그렇지만 기적의 시간은 이제 끝이다.

이제 늦었다. 오크 마을은 오늘 멸망한다.

"오크 킹. 이제부터 나는 너희가 쌓아 올린 모든 것을 부순다 ____."

부히타는 얼빠진 오크 킹이지만, 필사적으로 머리를 굴렸다.

그렇지만, 아무것도 떠오르지 않았다.

에어리스는 악마가 나타나면 오크 마을을 포기할 가능성이 높다고 했다. 그러니까 최악의 상황을 각오해 두라고 했다.

자신들이 쌓아 올린 왕국을 부수는 걸 그냥 둘까 보냐. 젊은 오크 킹은 흥분했다. 우리가 먼저 공격하면 된다. 그리고 부히타는 홀로 악마에게 다가가—— 도망쳐 왔다. 저건 이길 수 없다고 한눈에 깨닫고 말았다.

그래서 숫자를 불렸다. 동료를 모으면, 만에 하나라도 가능성이 있을지도 모른다. 오크 마을을 버리지 않아도 될지도 모른다.

그러나, 절망이란 어둠에 물든 시야 속에서 부히타는 입술을 깨물었다.

"마지막으로 한 가지, 가르쳐 주마. 사실은 화이트 성에 있는 데몬을 먼저 죽일 예정이었어. 그렇지만 이 마을이 너무 커졌더군. 더 이상은 넘어가 줄 수 없지."

에어리스 님도, 그 얄미운 그리폰도, 스로부마저도 화이트 성에 가 버렸다. 다들 돌아왔을 때 오크 마을이 없어진 상태였다가는 슬퍼할 거다.

몸이 역겨운 어둠에 휩싸였다. 바닥에 쓰러지면서, 그래도 아직 부히타가 살아 있는 것은 오크 킹의 강인한 몸 덕분일 것이다.

남자가 다가온다.

낮인데도 밤 같은 세계 속에서, 그에게 마무리를 짓기 위해 악마가 다가온다.

"죽고 싶지 않아꾸우우우우우울. 싫어꾸우우울, 콜록……."

"역시 블루 라이트이 이끄는 몬스터랑 너희는 모든 것이 달라. 북쪽에서 도망치면 즐거운 나날을 보낼 수 있을 거라고 생각했냐? 휴객을 없앤 흡혈귀들의 발끝에도 못 미친다. 이 정도면 굳이 없앨 것도 없었군."

"콜록, 코꾸우울……."

그러나 남겨진 얼마 안 되는 시간 속에서, 젊은 오크 킹이 생각하는 것은 남자의 상상을 훨씬 뛰어넘는 시시한 것이었다.

잔뜩 움직였으니까 배가 고프다. 그리고 보니 밥을 남기고 와 버렸다꾸우울. 스로부는 오늘 몇 번이나 그릇을 채워 먹을까. 내일 날씨는 맑을까? 비가 내리면 싫다꾸울. 그 고양이는 오늘 밤에도 소란을 피울까?

"천을 넘는 오크, 더욱이 다른 종까지 거느린 오크 킹의 최후가 이건가."

죽음을 맞는 순간에 생각하기에는, 너무나도 시시한 것들뿐이다.

오크 마을은 아직 발전할 수 있겠지. 인간의 나라처럼 가게를 만들고 싶었다꾸울. 그러면 무기점은 어떤 몬스터한테 맡길까. 오크의 무기점은 약할 것 같으니까 싫다꾸울. 그렇지, 골렘한테 부탁을 하자. 도구점은, 우우움, 역시 오크 도구점은 아닌 것 같다꾸울. 그러면 앞으로 수십 년은 살아야 한다. 죽고 싶지 않다아, 아직 살고 싶다아.

"……."

"이미 사는 것마저 포기했나."

──삶에 대한 갈망은 멈출 줄을 모르고, 슬픔도 멈추지 않고, 불평도 멈추지 않았다.

종국에는 커다랗게 벌린 부히타의 입에 커다란 무언가가 들어와서 콜록콜록 기침을 하기 시작했다. 그리고 그런 죽음을 불러들이는 어둠은 부히타가 숨을 쉴 수 없어 괴로워하고 있을 때 갑자기 떨어져 버렸다.

그것은 바람이었다.

돌풍이 오크 킹의 몸을 감싸고 있던 어둠을 날려버렸다.

그래서, 부히타는 놀라서 고개를 들었다.

"꾸울?"

"꾸울 같은 소리 할 때야? 넌 얼마나 소리가 시끄러운 거니? 네가 외치는 소리로 다들 깜짝 놀랐잖아. 알겠어? 근처에 폐가 되는 정도가 아니었다고."

남자의 마법과 비교하면 너무나도 약한 바람의 결계가 부히타와 마법을 행사하는 그녀 자신을 지키고 있었다. 부히타는 놀라서 말도 안 나왔다. 목소리의 주인은 부히타도 너무나 잘 아는 몬스터였으니까. 비밀 이야기를 좋아하는 픽시는 강하거나 싸우거나, 그런 거친 일하고는 동떨어진 몬스터라는 것을 부히타는 잘 알고 있었다.

"안된다꾸우우울!! 에어리스 님은 나보다도 약하다꾸우우우우우우우울!!"

"나한테서 도망쳐 다니던 픽시로군. 설마 화이트 성에 사는 오우거를 모으면 나를 이길 수 있다고 생각했나?"

"……어머. 그들은 강해. 왜냐면──."

"얕보지 마라. 그 블루 라이트와 함께 흡혈귀를 토벌한 오우거는 하나도 없다. 화이트 성의 오우거는 뿔조차 없는 반편이들뿐이지."

남자가 만들어낸 어둠과 에어리스가 뿜어낸 바람의 결계가 뒤섞인다. 그러나 바람의 결계는 오래 버틸 것 같지 않다. 분하게 표정을 찌푸린 에어리스의 모습을 보기만 해도 힘의 차이는 명확하게 이해할 수 있었다.

에어리스는 결계를 유지하면서 각오를 정했다. 뒤에는 빈사 상태인 부히타가 있다. 바람의 결계는 당장에라도 깨질 것 같지만, 입에서 연기를 토해 내는 바보 같은 오크 킹을 두고서 도망칠 수는 없었다.

──이 남자가 악마.

인간을 상대하는데도 온몸이 떨린다. 이 정도 몬스터에게 둘러싸여서도, 자신이 질 거란 생각은 전혀 안 한다.

도달할 수 없는 스테이지의 인간. 북방마왕마저도 발을 붙드는 것이 고작이라고 했던 삼총사가 서 있는 영역에 가까운 인간. 어째서 그런 강자가 휴책에 있는 건지는 알 수 없지만, 있으니까 어쩔 수 없다.

──죽고 싶지 않다면, 있는 힘껏 저항하는 수밖에 없다.

이마에서 땀이 흘러 떨어진다. 전력으로 마법을 쓰기 때문인지, 체력의 소비가 이상하게 빠르다. 이미 한계가 보이기 시작했다.

"……."

바람의 결계가 부서지면, 에어리스는 오크 킹처럼 강인한 육체를 가진 게 아니니까 아마도 한순간일 것이다. 기세가 늘어나며 열이 덮쳤다. 결계를 구축하기 위해서 내민 양손에 힘이 안 들어간다. 에어리스는 서서히 눈을 감고, 최후의 순간을 위해 각오를 정했다.

남자의 어둠은 에어리스의 마력 따위 순식간에 텅텅 비게 만들 정도의 위력이었고, 그것을 받아내고 있는 에어리스의 양손은 차츰 감각이 사라져가고 있었다. 언제 마력이 끊겨서 결계가 사라져도 이상하지 않다. 지금 눈앞에 구축되었을 바람의 결계는 참으로 얄팍하고, 미덥지 못한 상태일 것이다.

그래서, 눈을 뜨는 것을 주저했다. 눈을 감은 채, 그때가 오기를 기다렸다. 그렇지만 아무리 지나도 어둠은 몸을 태우지 않았다.

"……어."

마법이 해제됐다.

거기에 더해서, 자신들을 향하던 살기도 이미 사라졌다.

그제서야 에어리스는 조심조심 남자가 있던 쪽으로 눈길을 주고, 간신히 깨달았다. 그 무시무시한 남자는 이미 자신들

따위 보지 않았다. 오크 킹이나 픽시 따위는 이제 볼 필요도 없는 존재라는 것처럼.

"놀랍군. 왜 돌아왔나! 두 번째는 없다고 말했을 텐데!"

──타오르는 듯한 붉은 머리의 소년을 응시하고, 사나운 얼굴에 거친 웃음을 짓고 있었다.

남자는 우스워서 견딜 수가 없었다. 있을 리 없는 존재가 있는 것이다. 이걸 웃지 않고 배길까. 왜냐하면 그날 밤.

엉망으로 두드려 팬 다리스의 귀족이, 다시 한번 자신을 찾아왔으니까.

유린당하던 몬스터는 모른다.

남자에게 덤벼든 소년의 모든 것을. 어째서 그들이 인간들끼리 싸우고 있는지.

"말했을 텐데, 슈야. 마법에 사로잡히지 말라고──. 그리고, 간파하라고도 했다. 슈야, 네 힘은 나에게 한참 못 미친다. 그러나, 네 안에는 싹수가 보여. 나는 네 안에서 비약의 싹을 봤어. 그래서 살려 뒀다. 목숨을 건졌으면 소중히 쓸 생각을 해야지!"

"닥쳐! 너를 길드에 끌고 가겠어! 반드시!"

"힘도 지혜도 동료도, 아무것도 없는 어설픈 녀석이 뭘 할 수 있나!"

"닥쳐어어어어어어어어엇!!!"

불의 마법사의 힘에 남자는 놀이처럼 대처한다.

실력 차이는 명백했다.

그러나, 슈야에게는 끝내지 못하는 이유가 있었다.

그날 밤, 슈야는 깨달아 버렸다. 목숨을 구해 주고, 따르고 있던 남자의 정체가 살육자라는 것을. 믿을 수가 없었다. 믿기 싫었다. 그렇지만 남자는 자신이 휴책에서 한 모든 일을 들려주고, 이 나라에 있던 병사나 모험가를 죽인 것은 자신이라고 고했다.

"남쪽에서 태어난 걸 감사해라. 너 같은 남자는 북쪽에서는 맨 먼저 죽어 간다. 내가 구해 준 목숨! 얌전히 제네라우스로 가서 꾸준히 힘을 쌓았으면 됐을 걸. 그리고 그 애는 어쨌지! 설마 버리고 왔나!"

"너하고는 상관없어!"

그날 밤, 엉망으로 패배하고, 봐준 결과 목숨을 빼앗기지 않았다. 알리시아와 함께 도망쳤다. 그렇지만 자유연방으로 가는 도중에 몇 명이나 되는 시체를 봤다. 그들은 모두 제네라우스에서 특별 퀘스트를 수주하여 그 녀석에게 도전하고 죽었다. 마법이 부여된 종이에는 남자의 죄상이 셀 수도 없이 적혀 있었다.

입과 귀를 막고서, 현실에서 눈을 돌린 채 제네라우스로 나아가는 길을 계속 걸어갈 수가 없었다.

그리고 아무런 증거도 없지만…….

지금의 데닝이, 자신과 같은 상황에 놓였을 때 못 본 척 넘어갈 것 같지 않았다.

"뭘 멍하니 서 있어, 부히타. 이틈에 안전한 장소까지 도망가자. ……부히타, 어딜 보고 있어?"

"에어리스 님. 저 인간…… 이상하다꿀…… 너무 터프하다꿀……."

오크 킹의 말처럼, 그것은 이상한 일이었다.

붉은 머리 소년은 몇 번이고 일어섰다. 쓰러뜨려도, 쓰러뜨려도, 마치 마음이 꺾일 때까지는 죽지 않겠다고 말하는 것처럼.

"……슈야. 설마, 너. 고통을 못 느끼는 거냐?"

"……용서 못해, 절대로, 용서 못해……. 날 속이다니…… 난 믿었는데……."

"대화가 안 통하는군…… 멋대로 속아 넘어간 건 너잖아."

그러나 남자의 가슴에 술렁거림이 느껴졌다.

슈야의 상태가 이상하다는 걸 루니는 금방 깨달았다.

마법이 너무나 매끄럽게 나온다. 그리고 지금. 슈야가 인간에게는 불가능한 움직임을 한 것 같은데. 더욱이 영창을 하기 위한 입의 움직임도 보이지 않는다.

"그래도 슈야—— 지금의 너 따위에게, 마법을 쓸 것도 없다."

실력 차이는 명백해서—— 루니는 지근거리까지 다가온 슈야의 머리칼을 붙잡아 땅바닥에 몸을 처박았다.

"앞서 한 말은 취소하지. 두 번째는 없다고 했지만, 특별히 넘어가 주마."

남자는 장래성 있는 젊은이를 봐주는 나쁜 버릇이 있었지만, 두 번이나 같은 인간을 봐준 일은 없다. 그러나 요전의 슈야하고는 완전히 다른 사람이다.

마치 굶주린 짐승처럼 덤벼든다. 무슨 강박관념에 얽매여 있다고 쉽사리 상상할 수 있었다. 폭주하는 슈야의 의식을 날려 버리고, 루니는 한숨 돌렸다.

"이 몬스터의 소굴에서 살아남는다면, 말이지만. 그러나 그 소녀도 널 두고 가지야 않겠지. 너희 둘이 협력하면 이 전장에서 도망치는 것도 가능할 거야."

그러나, 남방 통일이 신속하게 가능하다는 판단은 흔들리지 않는다.

엘프를 상대하고 있는 삼총사의 힘도 필요 없다. 제국의 여력만으로 통일은 충분히 가능하다.

솟아오르는 달성감, 길었던 임무.

몇 개월, 오로지 홀로 잠복했다. 게다가 자신의 정체가 들켜 가고 있었다. 물러설 때다. 남방 군인의 평균적인 힘은 충분히 이해했다. 이 정도면 나나트리쥬도, 삼총사의 힘도 필요 없다. 마지막으로 이 몬스터들을 괴멸하고, 제국으로 돌아가면── 작전은 완수된다.

"……응?"

슈야와 싸우는 데 주의를 쏟느라, 경계를 게을리 했다.

위화감. 어쩐지 이상하다. 그리고 깨달았다. 그렇게 힘의 차이를 느끼고, 두려워하던 몬스터들이 돌아왔다. 패배자들이 돌아왔다. 속속 몬스터가 늘어나고 있었다.

"걸작이군. 휴잭의 몬스터 주제에, 수가 모이면 나를 이길 수 있다고 생각했나? 화이트 성에 뿔 가진 오우거나, 살아남은 흡혈귀라도 있었나? 주인을 잃은 목 없는 갑옷 듈라한이라도 발견했나? 이 인간은 소질이 있으니 살려 뒀다. 그러나, 너희는 달라."

짜증이 솟는다.

어째서, 도망치지 않나.

공포를 주었을 것이다. 약자는 약자답게 행동하면 된다.

그때, 몬스터들이 몇 겹으로 막고 있던 길이 저절로 갈라졌다.

어떤 거물이 오는 걸까? 데몬이라도 나타난 걸까 생각했는데, 남자는 눈을 의심했다.

"설마 주인공님이 시간을 벌어줄 줄이야……."

오크.

특별할 것도 없는 오크가, 다가왔다.

굳이 특징을 들자면, 뚱뚱한 오크였다. 배가 나온 오크가 굵은 나뭇가지, 아니, 다르다. 저건 지팡이다. 마법사의 지팡이를 쥐고서 이쪽으로 다가오고 있었다.

소문에 들은 오크 마법사가 등장했단 말이지.

그러나── 이게 대체 어떻게 된 일일까?

"스로부! 늦었다꾸울!"

"그 인간을 어떻게든 해 줘꿀. 위험하기 짝이 없다, 꾸울!"

──오크 마을이 활력을 되찾고 있었다.

참상을 만들어낸 자신 앞에서, 평범한 오크가 공포를 품지도 않고 다가온다.

상황은 아무것도 변한 게 없었다.

그러나 명백하게, 놈이 나타나고서 분위기가 바뀌었다.

"꽤나 즐기고 있는 모양인데, 약자를 괴롭히면 안 된다는 거 못 배웠어?"

맞다, 맞다. 몬스터들이 들뜨자── 남자의 관자놀이가 움찔 떨렸다.

"……그리고 에어리스. 두고 가다니 너무하잖아. 화이트 성에 가기 전에 했던 말 못 믿었어?"

"스로부, 어떻게."

"네 호위는 생각보다 임무에 충실하더라. 말이 통하더라고."

"……설마!"

에어리스는 하늘을 올려다보고서 놀랐다.

오크 마을을 버렸던 이글이 상공에——— 어색한 기색으로 그곳에 있었다.

"어이쿠, 에어리스. 악마가 따돌림당해서 날뛸 것 같아. 너는 자기 차례를 기다리면 돼. 전에 말했잖아? 저 인간을 쓰러뜨리는 건 내 역할이라고."

그러면, 시작하자.

모든 것이 소년이 계획한 대로는 아니지만——— 미래를 바꿀 준비는, 갖추었다.

"……처음 뵙겠습니다, 라고 하면 될까?"

여태까지 한 고생은 모두——— 이 순간을 위해서였다.

저 오크가 지금, 나를 쓰러뜨린다고 했나?

"내 인생을, 통째로 부정당한 기분이군."

몸집도 작고 오크 킹과 비교도 안 된다. 저게 몬스터들 사이에 소문난 오크 마법사. 상당히 침착하지만 그뿐이다.

그러나, 남자는 모른다.

소년이, 마음속으로 그 루니 블로우를 만나서 조금 감동하고 있는 것을.

적이면서도 슈야 뉴케른의 성장에 빠뜨릴 수 없는 남자.

"오크 따위가 나를 쓰러뜨린다고? 재미있군, 선수를 양보해———."

"그럼, 고맙게 받을게——."

작은 목소리로 이끌린 말과 함께, 남자를 향해서 무언가가 지나쳐갔다.

반사적으로 피했지만, 남자의 볼에 따끔거리는 고통이 흘렀다. 땅에 똑 떨어지는 무언가. 곧장 이해했다. 어지간해선 볼 일이 없는 자신의 피다.

다시 말해서, 오크에게 공격을 받은 것이다.

그 사실에 이른 순간, 몸에서 열이 화르륵 순환했다.

오크? 그 오크? 모험가로 새내기였을 무렵에도 상대 안 했던 오크? 그 돼지한테 상처를 입었다? 누가? 내가? 삼총사에게 도전하려는, 내가? 나나트리쥬에게 절대적인 신뢰를 받은, 내가——?

"……몰살 확정이다."

이 휴잭에 숨어들어서 처음으로 흘린 피는—— 남자를 진심으로 만들기에 충분했다.

원거리에서 나이프로 일격. 그걸로 끝났어야 했다. 불꽃과 어둠과 바람의 혼합 마법. 눈에 보이지 않는 칼날을 받은 오크는—— 변함없이, 그곳에 서 있었다.

——막아냈다? 그러나, 남자는 깨달았다. 마법의 불발. 어째서? 동작이 부족했다. 나이프를 든 오른팔을 완전히 휘두르지 못했다. ——공간에, 묶여 있었다. 아니. 팔만 그런 게 아니라 다리와 입도, 전혀 안 움직인다. 저 오크 마법사, 나보

다 빨리―― 공격을. 그러나 어지간한 마법 따위 지니고 있는 마도구가 모두 튕겨낼 텐데!

"몰살? 어떻게?"

――공격을 받고서, 깨달았다.

저 오크, 픽시하고는 전혀 다르다. 그렇다면――.

"이렇게――다!"

힘을 주어, 마법을 비틀어서――――― 끊어낼 수 없다. 순식간에 두려움을 느꼈다. 저 오크, 고작해야 첫 일격에 얼마나 마력을 담은 거지!

"――재미있군!"

다음 수는 이름도 안 붙인, 바람과 어둠의 이중마법으로 파괴. 오크의 마법에 담겨 있던 힘이 갈 곳을 잃어 가옥을 날려버리자 몬스터가 비명을 질렀다.

"설마…… 그것뿐이야?"

"안심해라! 힘의 절반도 안 냈다!"

남자는 돌파를 결단했다. 이미 이 자리의 분위기는 오크 마법사에게 지배되고 있었다. 흐름을 바꾼다. 아무래도 이 정도 수의 몬스터가 기세를 타면 성가시다. 원동력인 오크 마법사를 처치한다. 방침 결정, 남자는 시동. 보이지 않는 바람의 칼날이 상공에서 날아들었다. 영창의 간략화인가? 다치는 건 피할 수 없다. 그러나 최단으로―― 가면 된다.

그러나, 커다란 힘이다. 오크의 돌연변이종. 마법사로서의 힘은 삼총사, 반인반마의 망령왕을 수호하는—— 리치 급인가! 남자의 머리에 북쪽에서 마왕으로 군림하는 픽시의 모습마저 떠올랐다. 피탄을 각오하고 빛의 폭풍을 돌파한다. 나이프로 찢어서, 놈에게 이르는 길을 만든다. 두께는 앞으로 나아갈수록 늘어나는 것 같았다. 수비가 단단한 것은 근접 전투가 서투른 마법사의 증거.

역시—— 거리를 좁혀야 한다.

"조바심이 보인다, 오크 마법사!"

남자는 근접 격투에 절대적인 자신을 가졌다. 반인반마의 망령왕과 시합을 했을 때는 리치 둘을 해치웠다. 죽어 간 구도자에 비교하면 오크 마법사 따위 비교가 안 된다.

칼날은 빗줄기 같았다. 쏟아져 내리는 탄은 폭풍 같았다. 머리가 이상해질 것 같다.

그래도 남자는 몇 개의 사선을 넘어선 자부심이 있었다.

이미 거리는 열 걸음—— 대지를 차고서——.

"——해치웠."

그리고—— 곧장 위화감.

"——뭣! 설마 네놈!"

남자의 표정이 일그러진다. 지금 믿기지 않는 것을 보았다.

그러나, 위화감은 있었다.

애당초 마법을 쓰는 오크 따위 들어본 적이 없고, 오크치고는 공격이 너무나도—— 이지적이다. 지금도 퇴로가 끊겼다.

돌파를 포기하고 후퇴하면 무거운 일격이 오는 걸 알 수 있었다. 오크 주제에, 두 수, 세 수 앞을 읽고 있었다.

자신을 고정화할 정도의 마법을 쓴 것도 그렇다.

그러나, 결정타는 반지였다.

오크 마법사가 왼손 검지에 낀 검은 반지에, 남자는 눈길을 빼앗겼다.

"──갈라리온이라고!"

그래서 남자는 공격을 중단하고 물러났다. 다가오는 바람의 맹격을 전력으로 방어했다. 어둠의 마법을 써서 지워냈다. 심장의 고동이 쿵쾅거리며 오르고, 지금 본 사실을 이해하는 데 전력을 다했다.

"어째서, 어째서, 어째서냐!"

그 형상──틀림없다.

남자는 숨을 고르면서 외쳤다.

"오크 마법사, 그 반지는 어디서 얻었나?! 그건 내가 찾고 있는 마지막 하나! 나나트리쥬 님이 과거에, 재능이 넘치는 다리스의 귀족에게 빌려준 매직 아이템이다!"

남자는 나나트리쥬 직속으로, 그녀의 바람에 따라 과거에 제작한 매직 아이템 회수도 실행했다. 세상에 흩어진 세 가지 매직 아이템. 그녀가 순수하게 마법의 구도자였을 무렵의 흔적. 그러나 마지막 하나를 발견할 수 없었다.

그렇게나 찾아다녔다── 다른 사람도 아닌 내가, 잘못 볼

리 없다!

"어째서, 네놈이 쓸 수 있지! 그건── 젠장, 시끄럽다! 몬스터 놈들. 네놈들, 이해는 하고 있나! 오크 마법사, 놈이 가진 반지는 나나트리쥬 님이 만들어낸 변화의 힘! 네놈들이 맹신하는 오크 마법사의 정체를 아직도 깨닫지 못한 거냐!"

"역시, 이 몸으로는 정령이 나를 인식 못하네. 미안해, 부히타. 그렇지만 거짓말은 안 했어. 처음에 말했지. 나는 그저── 악마를 쓰러뜨리러 왔다고."

남자의 머릿속에서 이해할 수 없는 자를 상대할 때의 위험 신호가 켜졌다.

과거에 삼총사와 시합했을 때도 일어난 이상 경계.

뭐가 목적인지 모르겠다. 이유도 없이 오싹하다. 저 오크는 ── 인간이다.

그리고 오크 마법사가 취한 한 수는 상상 밖이었다.

오크 마법사가 끼고 있던 반지가 빛을 뿜었다. 검은 안개. 얄궂게도 남자의 나이프에서 생긴 어둠과 같은 그것에, 오크 마법사가 휩싸였나 싶더니.

노　체인지
"변환 해제."

오크로 둔갑한 인간이 수많은 몬스터를 아군으로 끌어들였다.

그 이득을 버릴 수 없을 거라 추측했다. 왜냐하면 남자는 강자이기 때문이다. 자각도 실적도 있다. 나를 상대하려면, 몬스터라지만 아군으로 끌어들이면 안심이다. 그렇기에 설마, 스스로 인간의 모습으로 돌아갈 거라고 그 누가 생각했을까?

"……."

이제 한 명의 인간이 남았다.

그것도 남자가 며칠 동안 함께 지낸 그 붉은 머리. 슈야와 비슷한 연령으로 보였다. 그렇게나 오크 마법사를 응원하던 몬스터도 말을 잃었다.

쉴 틈도 없이, 소년은 또다시――― 마법의 옷을 벗고 지팡이를 휘둘렀다.

흙의 탁류가 남자를 휘감으려고 날뛰며, 대지가 꿈틀거렸다. 과장이 아니다. 분명히 대지가 떨리고 있는 것이다. 남자도 전투의 격이 한 단계 올라간 것을 이해했다. 공방의 영역은 다른 차원이 됐다.

그러나, 놀란 것은 오크들이었다. 오크 마법사가 인간이 되어 버렸으니까.

"스로부가 인간이 됐다꿀?"

"꿀?"

"저거는 뭐냐, 꿀?"

"스로부! 할아버지가 넘어져서 다쳤다꾸울~ ……아, 인간이었다꾸울."

속았다. 눈치 못 챈 사이에 인간을 끌어들였다.

그렇지만, 이럴 때 오크들의 머리에 있는 것은 적인가 아군

인가. 그것뿐이다. 생각이 따라잡지 못하는 이종족 몬스터도 잔뜩 있었지만, 오크는 어디까지나 단순했다.

"얼른 악마 쓰러뜨려라, 꿀!"

"얼른 쓰러뜨려라꾸울!"

악마를 쓰러뜨리기 위해서 찾아왔다는 그의 말은—— 거짓말이 아니었다.

악마를 쓰러뜨리기 위해 찾아온 것이 사실이라면, 무슨 문제가 있을까?

애당초 오크 마을은 종족이 다른 몬스터도 잔뜩 받아들였다. 한 사람 정도 인간이 있어도 괜찮지 않을까? 다른 몬스터들도 기겁할 정도로 태평하게, 오크 마법사를 계속 응원했다.

"……나, 나는 처음부터, 눈치챘꿀이지만."

오크 킹의 허세가 다른 오크의 목소리에 묻혀 버렸다.

●

으아~! 진짜냐! 지금 그 마법을 피하는 거냐. 반사신경이 어떻게 돼 먹은 거야!

"지면 용서 안 한다, 꿀."

"스로부! 그 악마를 쫓아내줘꾸울!"

시끄럽다앗!

저 녀석이 얼마나 강한지 알고는 있냐! 명백한 패배 이벤트라고 이건! 나는 상당히 전력에 가깝다고. 젠장, 도망치는 데 전력을 다하면 붙잡을 수가 없겠어!

하아. 역시 이건 이벤트다. 왜냐면 애니메이션 제1기에서 이런 강적을 슈야가 이길 리 없으니까.

"그렇게 신경 쓰이나? 네가 그분의 힘을 빌어서 몬스터 놈들을 속이고 있던 것이."

"아니 별로. 오크가 특히 시끄럽다고 생각했을 뿐이야."

멀찍이서 몬스터, 특히 오크가 꿀꿀 소란을 피운다. 그러나, 커다란 몬스터가 저렇게 모여 있는데 인간 하나를 겁낸다는 것도 이상한 광경이네.

하지만, 그래도 되는 거냐? 나는 너희를 속였단 말이다. 그런데 응원해 주는 거냐? 나는 인간이었다고. 너희를 속였단 말이다.

하아, 이래서는 저 녀석을 반드시 이겨야 하겠네.

루니는 내 눈에 익은 군복이 아니다. 그렇군. 이때는 군인이라고 들키지 않도록 복장도 바꿨구나. 빈틈없는 강적이다.

그렇지만, 이 녀석은 아직 삼총사라고 불리는 그들만큼, 인간을 관두지 않았다.

"지팡이에 새겨진 문장…… 어디선가 본 것 같지만, 네 입으로 불게 만들면 되겠지."

"할 수 있을까? 오크를 괴롭히며 즐기던 변태가."

하지만 역시 상상하기 힘들다.

실력이 팽팽해서 그런지, 내가 이 녀석을 압도한다는 미래가 말이지.

"기분 나쁘군. 네 마음을 전혀 읽을 수가 없어. 그 나이에 감정을 숨기는 법을, 어디서 배웠지?"

"가정환경이 특수하거든. 철들기 전부터 감정의 억제를 억지로 배웠지. 그런데, 이 모습이 내 진짜 모습일지는 또 모르지. 그보다도, 야. 이제 그만 끝내자고."

내 발치에는 어느샌가 슈야가 쓰러져 있었다……. 역시 이 녀석의 행동은 읽을 수가 없군. 정말이지, 네 탓에 예정이 틀어졌잖아. 루니를 쓰러뜨린 다음에 어딘가 숨어 있는 알리시아를 찾으러 가야겠군.

"오크로 둔갑하는 변태랑 같은 의견이라는 건 석연찮지만, 끝을 보자."

…….

드디어 오는군.

실제로 이 몸으로, 그 마법을 체감하는 건 처음이다.

그러면. 여기서부터가, 진짜 무대다.

"너는, 서 있을 수 있을까? 암흑 속에서."

그것은 TV가 뚝 꺼지는 그 순간과 비슷했다.

세상이 예고도 없이 암흑에 물들었다.

아무것도 안 보인다. 아무것도 안 들린다. 아무것도 안 느껴진다.

빛을 잃는다.

이것이 바로 오크가 두려워하는, 빛을 빼앗는 악마의 힘이다.

——그 녀석의 목소리 말고는 아무것도 없다.

"이 정도 범위에 암흑을 펼치는 건 힘들지만, 너를 죽이는 데는 이 정도는 필요하겠지."

각오는 했지만, 나조차 순간적으로 동요했다.

실제로 체험하니, 이건…… 터무니없네.

일단 빛을 빼앗기고, 소리도 안 들리게 된다. 방향감각도 잃고, 한순간 내가 죽은 것 아닌가 하는 착각마저 든다. 빛이 없으면 본래 귀에 들리는 소리를 의식해서 행동해야 한다.

그러나, 그 소리마저도 일절 들리지 않는다.

그 악마의 목소리만 들린다. 과연, 그야말로 빛을 빼앗는 악마다.

"이름도 모르는 마법사. 네가 반지의 힘을 끌어낼 수 있다는 것은—— 너한테도 있는 거겠지. 거짓된 모습을 써서라도, 이루어야 할 사정이."

완전히 무력한 가운데, 놈의 목소리만 들린다.

대단한 남자다, 루니. 네가 나나트리쥬의 마음에 든 이유도 알 수 있어.

너는 지지 않는다. 질 리가 없다.

어둠의 마법, 다크. 이것은 나도 흉내 낼 수 없는 필살이라고 해도 될 마법이다.

아마 몬스터는 대혼란에 빠졌을 것이다.

그렇지만, 나는 알고 있지. 이 조건에서는 루니.

너도 마법을 쓸 수 없다는 걸.

그리고 암흑은 너에게 임무를 반드시 성공시키기 위한 절대적인 힘이다.

특별한 마법에 의지했다는 것이, 네가 목표를 바꾸었다는 무엇보다 큰 증거다.

나나트리쥬에게 보내는 충의—— 내가 이용해 주지.

●

——평가는 최대급.

미숙하지만, 재능에 빠지지 않았다. 자신의 결점을 자각하고 있다. 소년은 전사가 아니다. 슈야처럼 분에 넘치는 힘은 바라지 않는다. 굳이 따지자면 지휘관에 적합하다. 그리고 장기전으로 끌고 가면 확실히 이길 수 있다.

그러나, 루니는 굳이 마법에 의지했다.

——이해할 수가 없다.

소년은 명백하게, 자신에게 대비하고 있었다. 몬스터로 모습을 바꾼 것은 그냥 취미가 아니라 계획. 몬스터에게 이 정도로 신뢰를 받는 상황을 보니 며칠이고 변신해 있었을 것이다. 범상한 정신력이 아니다.

생각해 보면 생각할수록 오싹한 느낌이다. 상대의 술수에 빠져들어 가는 오한.

그래서, 이 마법으로 녀석을 해치운다.

"아무것도 안 보인다꿀."

"꿀. 엄청 무서워꿀. 다들, 어디 갔어꿀?"

암흑을 쓰면, 마음에 안 드는 자를 모조리 살육할 수 있었다.

이 남자는 북방을 흔들었던 암살자.

노리고자 한다면 제왕의 침소에도 숨어들 수 있다.

그런 절대적인 상식을 뒤집은 것이, 유일하게 암살에 실패한 어둠의 대정령 나나트리쥬였다.

충격을 받았다. 기어이 자신이 죽을 차례라고 이해했다. 그러나 그녀는 가르쳐 주었다. 숭고한 사명을. 자신처럼 지저분한 인간을, 그녀는 바랐다. 어느샌가 그녀를 위해서 힘을 휘둘렀다.

"아, 지금, 누군가 팔에 닿았다꿀. 거기 누구 있어꿀?"

"무서우니까 쪼그려 앉는다꿀. 움직이기 싫다꿀."

남자는 나나트리쥬 아래서, 암흑을 더욱 위의 영역으로 끌어올렸다.

남자에게만 허락된, 바람을 이용한 청각 강화를 썼다. 숨결,

움직임, 한번 기억한 정보를 철저하게 파악한다. 싸우면서도 계속 의식하고 있었다. 실패 따위 있을 수 없었다.

──그 녀석은 존재만으로 확실하게 제국의 장애물이 된다. 이 자리에서 확실하게 죽여야 하겠지만.

몬스터 사이를 빠져나가면서 남자는 생각했다. 그 소년의 기척이 사라졌다. 어둠에 녹아들었다. 정말이지 대단한 놈이다. 그 정도 힘이 있다면 이름 높은 마법사겠지. 하물며 아직 젊다. 남자는 경험으로 알고 있었다. 전쟁을 통해서 더욱 경험을 쌓으면 성가신 상대가 된다. 현재 제국은 너무나도 많은 전선을 품고 있어서 여유가 없다── 그때, 예상치 못한 사태가 발생. 암흑 속에서 한순간 빛이 흘러넘치더니 암흑에 휩싸인 전모를 비추었다.

──빛의 마법. 그러나 즉시 암흑이 덧칠해 버린다. 지금 그건 뭐지? 몬스터, 특히 오크들이 달고 있던 장식품에서 빛…… 그렇지만 한순간이다. 남자는 신경 쓰지 않고, 녀석의 숨결만을 귀로 포착했다. 방금 그 빛은 방치해도 된다. 그 정도는 아무런 영향도 주지 않는다.

──양쪽을 다 해치우는 건 무모한 짓에 가깝다.

──그렇다면, 어느 쪽이지? 지금 이 자리에서 우선할 적은.

●

"누구, 거기 있어꿀?"

"꿀꿀. 아까 그 빛으로 모두의 모습이 보여서, 조금 안 무서워졌다꿀."

이 오크 마을에 수많은 몬스터를 모았다.

개중에는 소리로 상황을 판단하는 자도 있고, 시력에 의지하는 자도 있다.

아무리 너라도, 나에 대한 대응에 더해서 저만한 수에 둘러싸이면 생각대로 하기는 어렵겠지. 목적을 달성하기 위해서 암흑을 쓸 수밖에 없는 상황을 만들어 낸다. 여기까지는 내가 읽어 낸 그대로다.

그리고, 오크들 물건에 걸어둔 빛의 마법도 무사히 발동했다.

떠오른 광원은 순식간에 어둠으로 뒤덮여 사라졌지만, 네가 보는 곳에는—— 역시.

"인정하지. 오크 마법사. 너는 강하고, 이미 완성됐다."

이 암흑 속에서 너는 오로지 한 사람을 포착한다.

정해 둔 적의 행동을 이해한다. 그것이 얼마나 무시무시한 마법일까?

역시 루니, 너는 너무나 강해. 이 정도면 로열 나이트도 상대가 안 된다.

이 이공간에서, 절대 강자인 루니의 목소리를 들으면서 나는 행동을 개시했다.

"도망쳐도 소용없다. 나는 암흑 속에서도 너를 포착하고 있어."

나는 무력하다.

마법을 쓸 수 없으면 아무것도 못한다.

그러나 그건 상대도 마찬가지. 모든 공격이 금지된 이공간.

"어디로 가도 나는 네 움직임이 모두 보인다."

암흑 속에서 필사적으로 달렸다.

나한테 남은 시간은 이제 얼마 없다.

몬스터에게 부딪히면서, 필사적으로 목적지에 간다.

전쟁을 막는다.

그렇지만, 내 목적은 그것만이 아니다.

──믿어 줘, 몇 번이고 말했다.

──그러니까, 그 자리에 있는 것을 믿는다.

루니. 너는 내가 공포를 느끼고 있을 거라 생각하겠지.

암흑 속에서, 나는 도착했다.

누군가의 손을 잡았다. 가늘고 작은, 온기.

나는 네 손을 쥐었다. 믿어 줘서 고맙다고 전하고 싶다. 그렇지만 아무것도 못한다. 내 목소리는 이 암흑 속에서는 닿지 않는다. 그래서 다시 한번, 손을 놓았다.

이 어둠 속에서, 네가 이 자리에 있는 것이 무엇보다도 중요하다.

"뜻밖에 나쁘지 않은 시간이었어. 예상치 못한 만남을 즐기고, 마지막에는 이렇게 너랑 만났다. 그렇다면 그 목을 선물 삼아서 제국으로 귀환하도록 하지."

목적지는 오크들이 만들어 준, 얼빠진 누군가의 조각상이다.

"기어이 움직임을 멈추고, 포기했나──."

그 자리에서 한 걸음 앞으로 나아가, 너를 등으로 감싼다.

정면에서 넘치는 살의.

엄청난 공포를 느꼈을 것이다. 그래도 너는 믿어 주었다.

암흑이 걷힌다. 모든 제약이 풀린다. 정령의 모습이, 보였다.

대상이 마지막에 절망으로 물든 얼굴을 본다. 그것이 너의 악취미다.

너는 여기서 죽는다. 그것이 애니메이션의 숙명.

그래서, 지금 이 순간이 미래를 바꾸는 분기점이다.

"죽어 줘야겠다, 에어──."

그렇지만, 알고 있었다.

네가 몬스터가 가득 모인 상황에 위기를 느끼고, 타깃을 나에게서 에어리스로 바꾼다. 북의 마왕, 블루 라이트의 관심을 남쪽으로 돌리기 위해 에어리스를 죽이고, 이 자리에 이탈을 꾀할 거라는 사실을!

"리──."

"미안하군. 루니 블로우."

눈앞에서 나이프를 든 남자의 표정이—— 경악으로 물든다.

아무리 너라도 설마 어둠이 걷힌 곳에, 암살 대상 앞에.

"——내가 이겼다!"

자기 목에 지팡이를 겨눈 내가 있을 거라고는—— 상상도 못 했겠지.

●

"오크 마법사가 악마를 쓰러뜨렸다꿀. 역시, 오크의 시대가, 온다꿀~!"

"아니다멍. 스로부는 인간이었다멍. 그 논리는 이상하다멍."

이상하다.

나는 어째서—— 졌지?

나는 재능 있는 마법사를 몇 번이나 타파한 경험이…… 아니다, 문제는 그게 아니다.

오크 마법사가 나타나자 도망쳤던 몬스터가 차례차례 돌아왔다. 화이트 성에서 증원이 오는 걸 생각하면, 오크 마법사를 상대하면서 에어리스를 확실히 죽이는 건 어렵다.

오크 마법사의 힘을 완전히 잘못 보고 있었다지만, 몬스터의 수도 범상치 않았다. 에어리스를 죽이면, 북쪽의 마왕으로 군림하는 블루 라이트의 마음을 흔드는 것도 가능하다. 더욱이 북의 마왕의 주의가 남쪽을 향하면 제국에게 얼마나 이익

이 될까? 놀이는 끝이라고 생각했다.

에어리스를 확실하게 죽이기 위해서, 대상을 오크 마법사에서 에어리스로 변경했다.

그러나, 지금 생각해 보면.

놈은 나에게 암흑을 쓰도록 만들었다.

"악마가 여길 본다꿀. 스로부는 어째서 마무리 안 짓는다꿀?"

"인간끼리니까꿀. 대신 우리가 한다꿀. 모두의 원한을 푼다꿀."

"이럴 때야말로 오크 킹이 필요하다꿀! ……앗. 부히타도 쫄았다꿀?"

암흑을 발동했을 때 일어날 리가 없는 빛이 생겼다.

그때는 신경 안 썼지만, 그 빛으로 목표가 에어리스라고 확신했나?

암흑을 해제했을 때, 에어리스는 그 웃기는 조각상에 기대듯 서 있었다. 설마, 사전에 위치를 정해 뒀나?

……몬스터에게 신뢰를 얻기 위해서 그 소년은 오크로 모습을 바꾸고, 몬스터의 마을에 머물렀다. 더욱이 사람이라고 들켜도 무너지지 않을 정도의 신뢰 관계를 에어리스와 만든 건가?

그 인간을 싫어하는 픽시 상대로?

그렇다면, 제정신이 아니다.

"……크큭."

"사라진 스로부를 찾으러 간다꿀. 아, 봐라꿀. 악마가 웃었다꿀."

"역시, 스로부한테 마무리를 부탁한다꿀."

──관두자. 이제 관두자. 아무리 생각해도 답이 안 나온다.

소년은 나를 알고 있었고, 나는 소년을 몰랐다.

이렇게 불공평할 수가 있나. 그러나 패배자는 결과를 순순히 받아들여야겠지.

그 뒤에 오크로 둔갑했던 소년은 슈야를 들쳐 메고 사라져 버렸다. 그런 오크 마법사를 에어리스와 몇몇 오크가 쫓아가고, 그 뒤에는 흙으로 구속된 자신과 어마어마하게 많은 몬스터.

"역시 나는 또 죽지 않고 넘어가는 건가? 그때와 마찬가지로……."

도스톨 제국 군인이자 나나트리쥬를 섬기는 심복. 휴잭에서 악마라고 불린 남자는 흙의 구속을 아주 간단히 빠져나와서, 웃기 시작했다.

"큭, 하하하하핫! 설마 남방에서 이 정도 굴욕을 맛볼 줄이야!"

웃음을 참을 수가 없다.

나는 대체 누구랑 싸웠지? 그 정도의 실력자라면 다리스의 로열 나이트, 아니면 데닝 공작 가문의 직계인가? 설마 차기

가디언은 아니겠지? 아니, 서키스타 쪽일 수도 있다. 살해한 병사의 수는 다리스보다 서키스타 쪽 병사가 훨씬 많았으니까――.

아니다. 마법사로서의 역량을 보면 마도대국의 대마도사^{미네르바}일^{그레이트 메이지} 수도 있겠군!

알고 싶어서 참을 수가 없다.

그렇지만, 되도록 빨리.

이 땅에서 무슨 일이 일어났는지, 그녀에게 보고할 필요가 있다.

"자랑스러워 해라, 오크 마법사! ――네가 노린 것처럼, 전쟁은 멈춘다!"

그리고, 휴잭으로 파견된 남자는.

그 소년이 모든 사실을 알고 있었음을, 확신하고 있었다――.

종장 미궁도시

몬스터와 지낸 비일상.

문을 열면 꿀꿀꿀의 대합창이 가장 인상에 남는다. 그 밖에는 나한테 힐을 걸어 달라고 줄을 선 오크의 모습 등 지루할 틈이 한순간도 없었던 그 나날.

"……."

머리를 식히고 생각해 보면, 그 나날은 현실이었을까?

나는 정말로 그 휴잭에 있었나?

몬스터들과 생활했다니. 한 번이라도 이상한 환경에서 벗어나 버리자, 이제 와서는 스스로도 믿어지지 않는다.

그래서 누군가에게 그 일을 말한다는 건 말도 안 된다.

"그래서 마르코, 할 얘기라는 게 뭔데? 이런 변경에 이제야 마차가 왔잖아. 얼른 왕도로 출발하자고. 앗, 네가 나를 붙드니까 샬롯이 먼저 타 버렸잖아."

"공자님이 휴잭에서 도스톨 제국의 첩보원을 쫓아낸 것을, 대대적으로 발표합시다!"

"뭐? 그리고 너 목소리 커! 난 지쳤다니까!"

몬스터에게 지배된 샬롯의 고향.

그곳에서 생활하는 건 예상 이상으로 피로를 주었다. 아니나 다를까 오크 마을을 떠나 국경 부근으로 돌아왔을 때, 우리는 간신히 여관을 찾아서 기절하듯 침대에 쓰러졌다. 샬롯은 이틀 밤을, 나 같은 경우는 무려—— 사흘 밤낮으로 계속 잤다고 한다.

믿을 수 없지만 그만큼 지쳐 있었다. 피로의 태반은 마음고생이겠지.

그리고 일어났더니—— 내 방에 이 녀석이 있었다.

샬롯이 아니라 군복을 입은 남자.

휴잭에서 루니에게 부대가 괴멸당한 남자가 내 손을 꼭 쥐고서, 눈이 새빨갛게 물들이고는 침실에 있었다. 가볍게 호러였어.

"——드래곤 슬레이어에 이어 휴잭에서의 활약. 이것이 있으면—— 아무도 공자님을 가볍게 보지 못합니다! 왕도에서는 아직도 공자님을 우롱하는 자가 있습니다만, 공자님은 변했어요! 보여 줍시다, 좋은 생각이 아닙니까! 공자님!"

"있잖아. 말해 두지만 나는 왕도에서 상당히 인기인이었어."

"그쪽이 아닙니다. 데닝 공작 가문의 이야기입니다. 설령 공자님이 용을 잡았다고 해도, 데닝 공작 가문에서는 나도 할 수 있었다고 큰소리치는 자도 많습니다. 그렇지만 도스톨 제국의 인간을 상대했다면 달라지겠죠. 한 번이고, 두 번이고 다시 보게 될 것이 틀림없어요……!"

"네가 만났다는 녀석이 제국의 인간이란 증거는 아무 데도 없어. 그보다도 너 설마."

"네. 다시 한번, 공작을 목표로 하십시다──."

나와 샬롯이 약속한 날을 넘기고서도 돌아오질 않으니까, 카리나 공주가 마르코에게 찾아오라는 지시를 내렸다고 한다. 왕도에서 요양하고 있던 이 녀석은 기꺼이 곧장 휴잭으로 직행. 그러나 루니를 만난 트라우마 탓인지 국경 부근에서 어슬렁거리기를 며칠.

나와 샬롯이 돌아오면 곧장 연락하도록 여러 여관에 인상을 설명했다. 그래서 이 녀석은 우리의 귀환을 금방 깨달았다.

일어났을 때 눈앞에 이 녀석이 있었다. 이야, 깜짝 놀랐어. 그리고 나는 이 녀석에게 휴잭에서 무슨 일이 일어났는지 간단히 설명했다. 목적한 인물과 만나자마자 전투로 발전, 그렇지만 금방 놓치고 말았다고.

"……마르코, 나는 지금도 추락한 바람이야."

"지금의 공자님을 보고 그렇게 말할 수 있는 자는 없습니다!"

"딱히 말해도 상관없어. 전부 나니까. 그리고 너, 나를 낙오자라고 부르는 녀석이 한 명도 없다고 단언할 수 있어?"

"그렇지만!"

"한 번 실수한 나에게 병사가 진심으로 목숨을 맡기지는 않을 거야. 그러니까 나를 추어올리는 건 포기해. 자, 이제 가자. 더 이상 여왕 폐하를 기다리게 하면 어떻게 될지. 지금 제일 걱정되는 건 그거야."

약속한 2주는 지나 버렸다.

타국의 방문을 마친 여왕 폐하 일행, 다리스의 최고 의사 결정권자들이 다들 왕도에 모여서 나를 기다리고 있다고 한다. 그러면, 나를 기다리는 게 영광일지 벌일지. 가능하면 영광이 좋겠는데, 나는 국보인 인챈트 소드에 손을 댔다. 벌이 없지는 않겠지.

마차 안에서, 샬롯이 얼굴을 내밀고 기다린다.

"그러면, 다음 문제로 가겠습니다."

"……이번엔 뭐야?"

어흠. 마르코가 헛기침을 했다.

"샬롯이랑, 어디까지 진전됐습니까?"

"…………뭐?"

"그 휴재에, 남녀 둘이 있었습니다. 아무 일도 없지는 않았겠죠. 저조차도 한때나마 공자님은 안 되겠다고 생각했는데, 공자님의 암흑시대부터 계속 곁에서 지탱해 준 사람은 저 애뿐입니다. 저도 동료와 수십 일을 지내면서 묘한 기분이 들기도 했습니다."

"야! 갑작스러운 커밍아웃은 그만둬! 그리고 그만 가자! 더 이상 폐하를 기다리게 만들면 교수형을 당할 거야!"

그리고 샬롯은 왕녀님이란 말이다! 지금은 고귀함 같은 건 별로 느껴지지 않지만, 본래는 내 종자에 머무를 그릇이 아니다.

샬롯이랑 어땠냐고? 너도 참 악마 같은 발상을 하는 녀석이구나!

그리고 지금.

우리는 왕도로 가는 길을 나아가고 있었다.

마차로 돌아가서 흔들림을 즐겼다. 무심코 졸음이 덮친다. 아니, 자도 되겠군. 이제 휴책에 있는 게 아니니까.

왕도로 가는 두 번째 여행이다. 그때 크루슈 마법학원에서 가는 길은 괴로웠다. 샬롯이 엄격한 표정을 무너뜨리지 않았으니까.

그렇지만, 지금은 다르다.

마차에 흔들리면서 단둘이지만, 침묵도 전혀 괴롭지 않았다.

"스로우 님. 꽤 오래 걸렸는데…… 마르코 씨랑 무슨 이야기를 했나요? 그리고, 얼굴이 빨개요."

"암것도아냐. 아무것도아니야."

"마르코 씨는 스로우 님을 만나서 기뻐 보였어요. 저랑도 가끔 놀아 준 기억이 나요."

"그래? 저 녀석은 옛날부터 뜨거워서 귀찮았는데."

"그렇게 말하면 가엾잖아요. 마르코 씨는 스로우 님이 잠든 동안 계속 옆에 있었는걸요?"

아니이, 그거 좀 기분 나쁘거든.

그게 샬롯이었다면 최고인데.

"……하아. 하지만 전 지금도 믿을 수가 없어요. 휴객에서 일어난 일은 꿈이었던 걸까요? 지금도 그 꿀꿀 소리가 머리에 남아 있어요."

"꿈이었던 거야, 샬롯. 우리는 거기서 오크나 픽시를 만나지 않았어."

샬롯은 고개를 끄덕였다.

말할 수 있을 리 없다. 몬스터와 우호 관계를 쌓았다니. 무슨 꿈 같은 이야기인가?

"하지만, 스로우 님이 찾고 있던 사람은 도망쳐 버린 거죠? 마르코 씨한테 한번 붙잡았다고 말 안 해도 돼요?"

"안 해. 그렇다기보다 못해. 이것저것 물어볼 것 같으니까."

샬롯이 말한 것처럼, 루니는 도망쳤다.

오크들은 살해당한 동료의 적! 이라면서 흥분했지만, 그 녀석이 두려워서 아무도 다가가지 못했다. 하다못해 공격이랍 시고 멀리서 물을 뿌리거나 돌을 던진 모양이지만, 붙잡힌 다음에도 루니는 나만 보고 있었다. 관찰하고 있었다.

그리고 샬롯이 화이트 성의 몬스터와 함께 오크 마을로 찾아와서, 어수선해진 틈에 그 녀석이 도망쳤다. 하늘에서 이글이 추적하여 남자가 북방으로 가고 있는 걸 알았다. 며칠 뒤에 무사히 휴잭에서 사라졌다고 한다.

아니, 무사하다는 건 이상하네. 하지만 목숨만 간신히 건진 것도 아니지.

"우연히 녀석과 만나 싸우고 말았지만 몬스터들이 다가와서 싸움은 중단. 그 녀석은 어딘가로 사라졌고, 우리도 목숨만 건진 채 휴잭에서 도망쳤다. 줄거리는 이런 거면 되겠지."

"우~우. 하지만, 조금 아까운 것 같아요."

샬롯에겐 말 못하지만 본래 나는 그 녀석을 붙잡을 생각 따위 없었다.

놈이 호되게 당하면, 그것만으로 전쟁의 계기는 자연스레 소멸한다.

그리고 이제 두 번 다시 연관되고 싶지 않아. 그 정도로 강한데도 삼총사에 닿지도 못한다니, 슬퍼진다.

그리고 우리도 인간이라는 게 들켜 버렸다. 하지만 그 흑룡이 깨어났을 때 휴잭에서 날뛴 탓에, 그 녀석을 쓰러뜨린 나는 역시 굉장하다고 엄청 감사를 받았다.

"······어째서, 싱글싱글 웃고 있어요?"

"아니, 싱글싱글 안 했는데."

"했어요, 봐요, 지금도! 지금이니까 말하는 건데 스로우 님은 에어리스 씨한테 너무 헤실헤실했어요. 정말 귀여웠지만, 그건 아니라고 생각해요."

"어…… 아니, 그렇지는, 않았다고 생각하는데. 샬롯의 착각 아닐까?"

"……그렇게 헤실헤실했던 주제에—— 착각이라뇨!"

그리고 목적을 이룬 우리는 밤사이에 오크 마을을 떠났다.

그렇지만 헤어질 때, 에어리스가 끌어안으며 고맙다고 키스를 해 줬다. 최고로 행복했다. 지금도 떠올리면 얼굴이 풀어진다.

"내가 에어리스에게 상냥하게 보인 건 분명히, 그거. 저거야, 진짜 픽시를 처음 봤으니까!"

"……진짜라뇨! 저는 가짜였다고 하는 건가요!"

어, 거짓말이지? 왜 거기서 기분이 틀어지는데?!

그거야, 상냥하게 대해야지. 왜냐면, 진짜 픽시잖아?!

"노, 농담이라니까! 그리고 샬롯, 고향에 돌아가 본 감상은 어때?"

뭐, 귀향이라고 해도 태반은 오크 마을에 있었던 것 같지만.

화이트 성은 그저 한 번 보기만 하고 끝이었다.

그렇지만 샬롯은 그걸로 충분했던 모양이다.

하지만 에어리스, 그녀에게는 고개를 들 수가 없다.

내가 인간인 것도, 악마가 에어리스를 제일의 표적으로 삼은 것도 모두 받아들이고 암흑 속에서 목적한 장소에 있어 주었다.

무서웠겠지, 그래도 나를 믿어 주었다.

그래서, 루니를 죽이지 않고 놈의 마음을 꺾을 수 있었다.

그리고 이렇게 샬롯과 이야기를 할 수 있는 것도 그렇다.

또 만나자고 약속했다.

그렇지만 우리는 인간이고, 그녀는 픽시다. 실현될지 알 수 없는 미래의 이야기.

"에어리스 씨는 머지않아 북쪽으로 돌아간다고 했어요."

"하는 수 없어. 그런 꼴을 당했으니까."

그들은 북방으로 돌아갈 것을 결단했다. 이제부터 조금씩, 몬스터를 이동시킨다고 한다. 부히타는 싫은 기색이었지만, 그 녀석의 의향은 반영되지 않을 테니까.

그리고, 괜찮은 느낌으로 화제가 끊어졌으니까.

"샬롯. 새삼스럽지만 미안해. 나는 계속 너를 속이고 있었어."

왕도에 도착하면 아마 단둘이 있을 시간을 또 만들 수는 없을 것이다.

그래서는 아니지만.

새삼스레, 사과해야겠다고 생각했다.

"……저도, 계속 비밀로 하고 있었어요. 스로우 님만 잘못한 게 아니에요."

비밀을 계속 감추고 있었다는 자책감이 있었다.

결코 드러나지 않도록, 계속 덮어 두고 있었다.

"여기서만 하는 얘긴데요, 들어보실래요?"

"응."

"고향에 돌아가서. 결국, 아무도 못 만나서. 제가 돌아갈 장소는 이제 이 세상 어디에도 없구나 싶어서, 실은 몰래 슬퍼지기도 했어요."

"……샬롯."

"다리스로 돌아와서 이제부터 뭘 할까 생각했더니, 참 즐거웠어요. 왜냐면 스로우 님, 기왕 장기 휴가를 받았잖아요. 벌써 반 정도 끝나 버렸지만, 같이 어딘가 놀러 갈 수 있을 거예요. 그랬더니 깨달았어요. 제가 돌아갈 장소는, 이쪽이었다고요. 어느샌가 이쪽이 됐어요. 그래서, 저는 참 행복한 것 같아요."

사실은 말이지, 그 칠흑 돼지 공작처럼.

역시 비밀을 가슴에 숨기고 살아갈 가능성도, 충분히 있다고 생각했어.

"그래서 말이죠……. 지금의 이런 제가 있는 것도 전부, 스로우 님 덕분이니까요."

정말 싫지만, 나에 대해서는 내가 제일 잘 안다.

왜냐면 난 말이지. 누가 뭐래도 용기가 없다――.

"그러니까, 그때. 저를 구해 주셔서, 정말 고맙습니다."

문득. 아니, 문득이 아니군.

눈물이 나올 것 같았다. 직격했다. 마차 밖에서 마르코가 우리를 훔쳐보지 않았다면 위험했다. 저 자식이…….

하지만 다행이구나, 칠흑 돼지 공작.

너, 보답받았어.

"그러니―― 앞으로도, 잘 부탁드릴게요."

"어, 응……. 나야말로."

나는 싹싹한 샬롯과 달리, 조심조심 고개를 숙였다.

"하지만 스로우 님. 이제부터 기대하세요?"

"어, 뭘?"

"이제부터, 아마도. 제 마법 재능이 폭발할 테니까요."

"포, 폭발??"

"네! 왜냐면, 저. 왕녀님이니까요. 고향에 돌아가서 강해진 것 같은 기분이 들어요."

샬롯의 말에 따르면, 고향에 돌아간 그녀는 강해졌다고 한다.

이제 아무도 없다는 걸 새삼 느끼고, 그래도 슬픔을 넘어서서 앞으로 나아가는 자기는 강해졌다고 열변했다. 샬롯이 언제나 새침하고 고귀하지 않다고 생각한 녀석이 누구더라? 무지막지 멋있잖아…….

"저의 재능이, 폭발하도록—— 아얏! 스로우 님 약속! 약속 기억하죠?"

"이번엔, 무슨 얘기?"

"제 지팡이! 사 준다는 얘기요!"

"어? 아, 아아…… 응? 그랬었나?"

"왜 건성건성 대답하나요! 똑똑히, 말했어요! 사 준다고! 제 재능에 걸맞은 최고급의 지팡이, 부탁드려요!"

당분간 샬롯의 목표는, 지금의 인연을 소중히 여기는 것.

그리고 우수한 마법사가 돼서, 데닝 공작 가문의 모두에게 제 몫을 한다며 인정받는 거라고 한다.

어쩌면 언젠가, 우리가 떨어지는 미래가 찾아올지도 모른다. 그렇지만 샬롯이 제 몫을 하는 마법사를 목표로 삼는 한, 함께 있을 수 있다.

우리의 관계는 아마도 변할 것이다. 지금까지 그랬던 주종 관계에서, 또 새로운 형태로.

조금 안심한 것은, 휴잭에 돌아가서 샬롯이 변해 버렸을지도 모른다고 생각했기 때문이다.

"있잖아요, 스로우 님. 이상한 거 말해도 돼요?"

"이상한 거? 최고급의 지팡이가 샬롯한테 걸맞다는 거?"

"……."

"노, 농담! 그러니까 무서운 표정 짓지 마!"

"……있잖아요. 저, 숲속에서 알리시아 님을 본 것 같은데요."

"아, 아니. 샬롯이 착각한 거 아닐까……."

그래서. 이렇게 나는 미래를 바꾸었다.

전쟁이 사라졌으니, 이번에는 슈야나 알리시아가 어떤 식으로 살아갈지 보는 것도 좋겠다. 애니메이션 전개가 사라져도 그 녀석들이 연인 관계가 되는지 흥미가 있다. 그리고 재능 덩어리인 티나에게 마법을 가르치거나, 재건하여 호화로워진 마법학원에서 지내는 것이다. 공작을 목표로 하는 형제자매의 피투성이 경쟁에 참가할 생각도 없고, 크루슈 마법학원에서 느긋한 학창 생활을 보내는 것이다.

어디까지나 펼쳐지는 왕도의 성벽이 보인다.

아무도 모르지만, 나는 미래를 바꿨다.

당당하게 다리스로 돌아가자. 반지도 그 녀석한테 돌려줘야 되고.

"길을 열어라! 제네라우스에서 큰일이 일어났다!"

그렇다.

슈야와 알리시아도 지금쯤 미궁도시 제네라우스에 있겠지.

모험가의 도시. 애니메이션에서는 전쟁으로 멸망하는 최초의 도시.

그곳에서 전쟁 개시의 연락을 기다리던 삼총사는, 나나트리쥬에게 연락을 받고서 북쪽으로 돌아갔을 거야. 그 녀석은 말이 통하는 남자다. 그리고 그 녀석은 도스톨 제국의 인간이지만, 남방 침공을 바라지 않았다.

전쟁이 일어나 버리면, 녀석들을 상대해야 한다.

그것만은 피하고 싶었다.

"제네라우스의 길드 마스터가── 던전을, 봉쇄했다!"

그러니까, 거짓말이라고 해 줘.

●

제네라우스는 혼란의 도가니였다.

남방 최대의 모험가 길드가 관리하는 24개의 던전.

황량한 황야에 뻥 뚫린 구멍은 어두운 지하를 향해서, 완만하게 하강 곡선을 그리고 있었다.

"던전을 봉쇄했다니! 어떻게 된 거야!!"

"불평하지 마라! 길드 마스터의 명령은 절대적이다! 자, 물러나라!"

그중에, 그도 있었다.

간신히 제네라우스에 도착한 다리스의 소년. 그리고 옆에는 친구인 그녀의 모습.

휴잭을 횡단했다는 사실을 소녀, 알리시아는 기적이라고 불렀다.

　그렇지만 그건 대체 뭐였을까? 숲 변두리에서 계속 기다리고 있으니, 기절한 슈야를 업은 오크들이 나타났다. 오크들은 오크 마법사의 명령이라고 하면서 슈야를 그 자리에 두고 또다시 숲으로 사라져 버렸다. 솔직히 이해하기 어려웠지만, 던전에는 길을 잃은 모험가를 도와주는 기특한 몬스터가 존재한다.

　그거라고 생각하기로 했다. 그것 말고는 생각할 수가 없었다.

　그러나, 이번엔 대체…… 무슨 일일까?

　"나와라! 길드 직원! 설명해라!"

　"우리는 지금부터 들어갈 예정이었다고! 이걸 봐! 이 정도 장비를 갖추는 데 돈을 얼마나 썼다고 생각하냐!"

　눈을 뜬 슈야는 혼자서 그 범죄자를 추적한 뒤의 기억을 모두 잃었다. 알리시아가 목숨을 건진 게 다행이라며 어쩔 줄 모르는 슈야를 말로 구슬리고, 자유연방에 입국했다. 그 후에 어찌어찌 제네라우스까지 도착해 며칠을 휴양에 썼다. 기력이 돌아온 슈야에게 모험가 길드까지 안내를 받았다가 거기서 알리시아가 서키스타의 왕족이란 걸 들켜서 또 한바탕 소동. 지위가 높아 보이는 남자가 모험가 등록을 말리려고 알리시아를 설득하는 도중에 갑자기 수많은 모험가가 길드에 쏟아져 들어왔다. 사태를 이해하기 위해 알리시아와 슈야 두 사람도 타이밍을 봐서 밖으로 나왔다.

"……."

그렇게 설명을 바라던 남자들이, 물을 끼얹은 것처럼 조용해졌다.

남방 최대의 모험가 길드, 통칭 네메시스의 최상층.

발코니에 나타난 그림자에 모두의 시선이 못 박히고, 알리시아도 눈길을 빼앗겼다.

모험가 사정에 어두운 그녀조차 알고 있는, 슈야도 팬이라고 공언하는 젊은 모험가. 부드러운 분위기를 가진 그 청년은 모두의 시선을 모은 채, 왼손 검지에 낀 반지에 입을 맞추었다.

그리고 다음 순간. 청년의 분위기하고는 너무나도 안 어울리는 거대한 전투 도끼가 출현했다.

S급 모험가에게만 내리는 모험가 길드의 신비.

가진 자의 특성에 응해 변화하는 지고의 무장을 든 그가 바로, 미궁도시 제네라우스의 절대자.

누구나가 경외와 함께 그의 말을 기다렸다.

"다들. 들어 다오."

사람을 진정시키는 신비로운 음색.

그렇지만 인상적인 것은 상냥해 보이는 청년의 얼굴 절반을 가리는 일그러진 안대였다.

그 안쪽에 저주받은 눈이 있다. 각성과 동시에 하나의 마을을 태워 버린 비극의 청년. 그의 일화는 알리시아도 알고 있었

다. 모험가 길드의 젊은 개혁자.^{카리스마}

　"이 미궁도시는 지금── 전에 없던 곤경에 직면했다."

　도스톨 제국에서 태어난 인류의 초월자를 삼총사라고 부른
다면.
　대륙에서 태어난 몬스터 발생 장치, 던전에 도전하는 그들
은 인류의 봉사자라 부른다.^{서번트}
　자유연방을 지탱하는 제네라우스의 최고 권력자.
　대륙에 흩어져 있는 S급 모험가 중 한 사람── 울트라 레드
는 입을 열어 말하기 시작했다.

　길드 마스터의 말에 그들은 창백해졌다.
　두려움에 떨고 도망치는 자도 있었다. 슈야와 알리시아도
우두커니 서 있었다. 그렇지만 모험가 길드의 젊은 영웅의 입
에서 떨어지는 말에 점점 휩쓸렸다. 젊은 영웅은 천성적인 카
리스마라고 불리는 자질을 갖추고 있었다.
　그렇지만, 제네라우스에서 오로지 한 사람. 그는 알고 있었
다.
　이미 제네라우스의 패배는 확정됐다. 이제는 어떻게 멸망할
것인가를 골라야 한다.
　울트라 레드는 자신의 말이 무엇을 의미하는지, 정확하게

이해하고 있었다.

후세에 최악의 길드 마스터로 이름을 남길 것이다.

그래도 그는 미래를 위해서, 제네라우스에 있는 모험가 수천을 사지로 이끈다.

"마르코, 부탁이 있다."

무대는, 자유연방이 자랑하는 제네라우스.

황량한 황야와 관리하에 있는 수많은 던전에 둘러싸인 강자의 도시. 상인의 나라를 남방 4대동맹 중 하나로 끌어올린 모험가의 도시가 이제 곧, 나락의 바닥으로 떨어져 버린다.

『슈야 마리오넷』 제1기, 최종화.

【패배의 미궁도시 제네라우스】에서 그들은 단 한 명의 남자에게 패배했다. 그곳에는 애니판 주인공이 있었다. 그의 스승이 되었어야 할 숙련된 모험가가, 그의 목표인 상냥한 영웅이, 더욱이 수많은 모험가가, 그뿐만 아니라 불의 대정령 엘드레드마저도 그의 몸을 조종해 힘을 휘둘렀다.

그래도 도스톨 제국이 자랑하는 삼총사 중 한 명에게는 닿지 않았다.

"왕성에서 땡땡이치는 시르바를 두들겨 깨워서———."

그 남자는, 영원한 비애를 관철한 스로우 데닝에 비견된다.

생애 불패를 관철한, 애니메이션이 자랑하는 굴지의 인기 캐릭터.

"시급히—— 제네라우스에 오라고 전해 줘."

『반인반마의 망령^{드 라 이 백 슈 타 인 펠 트}이라고 불린 남자』에게는 모두, 범접하지 못했다.

후기

겨울의 도래.

지난 권의 후기에서 여름의 도래라고 썼던 것이 거짓말처럼 춥습니다.

그럼, 그 뒤로 저의 생활에도 다소 변화는 있었을까요?

……별로 없네요.

조금 일이 바빠진 것 정도일까요?

요즘에는 매일, 그냥 평일의 즐거움을 찾으며 보내고 있습니다.

예를 들어서, TV에서 하나 찾았습니다.

TV = 영화 시청 머신.

이것이 저의 인식이었지만, 조금씩 흥미가 생기는 방송이 늘어나서 평일에도 보게 되었습니다.

특히 요즘은, 그게 재밌어요.

테레■의 그거, 나스D.

디렉터가 아마존에 가서 하염없이 리포트.

원숭이를 먹거나, 악어를 먹거나. 뻥 아냐? 라고 생각할 정도로 까맣게 타거나.

예상이 안 되고, 예정된 것은 전혀 없습니다.

무지막지 재밌어요.

미래를 알 수 없다. 그래서 즐겁게 방송일을 기다리고 있습니다.

운명론, 미래를 알 수 없다고 하면 돼지 4권도 그런 느낌일까요?

돼지가 예상한 대로였다면, 휴잭에서 미래는 그의 생각대로 갱신되어 전쟁에 이르는 이벤트는 하나도 발생하지 않습니다.

장래는 애니메이션 전개에 고민하지도 않고.

· 과거의 동료와 교류해도 좋고.

· 마법학원에서 리얼충 생활을 누려도 좋고.

· 영광스러운 미래를 붙잡아도 좋고.

이렇게 즐거운 나날이 기다리고 있었어야 했습니다.

그렇지만, 자신의 행동으로 미래는 생각지 못한 형태로 바뀌어 갑니다.

이번 권은 지금까지와 달리, 다음 권으로 이어지는 이야기.

고민한 만큼 마감을 좀 연장하기도 해서 고개를 들 수가 없습니다.

관계자 여러분에게 감사를 보냅니다.

다음 권은 각오와 책임, 이야기의 한 단락이 마무리됩니다.

그리고 여기서 한 가지 보고합니다.

무려 코미컬라이즈가 결정됐습니다!

이번 겨울에는 연재가 개시될 예정이라고 합니다.

게재 잡지는 월간 코믹 얼라이브나 ComicWalker 등의 각 웹 코믹 사이트.

작화는 fujy 님이 담당하게 됐습니다.

한 발 먼저 일러스트 등을 확인했습니다만, 돼지 씨한테 딱 맞는 코미컬한 터치라서 가슴의 고동이 멈추지 않아요!

저도 원작 담당으로서 있는 힘껏 노력할 테니 기대해 주세요.

그러면, 또 만나요!

아이다 리즈무

돼지 공작으로 전생했으니까,
이번엔 너에게 좋아한다고 말하고 싶어 4

2019년 08월 13일 제1판 인쇄
2019년 08월 20일 제1판 발행

지음 아이다 리즈무 | **일러스트** nauribon | **옮김** 박경용

펴낸이 임광순
제작 디자인팀장 오태철
편집부 황건수 · 신채윤 · 이병건 · 이홍재 · 김호민
디자인팀 한혜빈 · 김태원
국제팀 노석진 · 엄태진

펴낸곳 영상출판미디어(주)
등록번호 제 2002-000003호
주소 21311 인천광역시 부평구 평천로 132 (청천동)
전화 032-505-2973(代) | **FAX** 032-505-2982

ISBN 979-11-6466-345-3
ISBN 979-11-319-9290-6 (세트)

BUTA KOSHAKU NI TENSEI SHITAKARA, KONDO WA KIMI NI SUKI TO IITAI Vol.4
ⓒRhythm Aida, nauribon 2017
First published in Japan in 2017 by KADOKAWA CORPORATION, Tokyo.
Korean translation rights arranged with KADOKAWA CORPORATION, Tokyo.